Egon Oetjen

Faustdick
und weitere abstehende Ohren

Geschichten aus
dem Leben von
Oma Herta und Opa Hermann

Erzählungen

Eigenverlag

ISBN 3-8311-0192-2
Alle Rechte, einschließlich der für Bild und Ton, vom Verlag vorbehalten.
Eigenverlag Egon Oetjen
26160 Bad Zwischenahn Peterstr. 7
Tel. & Fax 04403-58932   e – mail: egonoetjen-badzwischenahnt@t-online.de
Web: http://home.t-online.de/home/egonoetjen-badzwischenahn/
Herstellung: **Libri Books on Demand**

Inhaltsverzeichnis

Vorwort...4

Heißer Tobak..6

Geschenkte Neuigkeiten...16

Der Starverkäufer..21

Tiefkühlware...27

Gülle..30

Ein ganz normaler Tag..32

Der Knoten...39

Die Motorsäge..42

Marktbesuch..45

Zeitung..47

Das Ei im Bett...51

Moritz...55

Vorwort.

Immer, wenn ich mal in meiner Kindheit meine Oma und meinen Opa besuchen wollte, sagte ich nur: Ich fahr zu Oma He - He". Dann wussten die Eltern, wo ich zu finden war. Denn „He - He" war ein Begriff.

Herta und Hermann, meine Oma und mein Opa und natürlich die beiden Hauptpersonen in diesen vor euch liegenden Geschichten. Ganz reelle und wahrhaftige Menschen, also nicht nur irgendwie erfundene Personen.

Oma Herta lebt heutzutage immer noch in der Nähe von Bad Zwischenahn und ist rüstig und mobil wie eh und je. Opa Hermann dagegen starb 1996 im Alter von 82 Jahren.

Beide, Oma Herta wie auch Opa Hermann, waren meine besten Geschichtenlieferanten, denn besonders Opa war ein Schalk sondergleichen. Till Eulenspiegel, Graf Luckner und andere Fantasiepersonen der Literatur, hätten von ihm noch eine ganze Menge Unsinn lernen können.

Es war jedoch ein schöner Unsinn, den Opa „verzapfte". Nicht einer, bei dem irgendjemand zu Schaden hätte kommen können. Nein, nein. Er besaß einen unheimlich tiefgründigen Humor, den er bis zu seinem Tode auch nie verloren hat.

Natürlich freute er sich wie ein kleines Kind, man sagt auch wohl im Sprachjargon, er freute sich wie ein Schneider, über Sachen, die seinen Mitbürgern im Dorf passierten, konnte sich allerdings aber auch maßlos über Dinge ärgern, die ihm selber zustießen und über die dann die Anderen lachten. Einstecken war ein Fremdwort für ihn.

Ganz besonders betonen möchte ich, dass alle Geschichten und Erlebnisse, die ich hier beschrieben habe, der Wahrheit entsprechen und nichts „hinzugedichtet" wurde. Vielleicht habe ich manchmal etwas verschönernd dargestellt, mehr aber nicht. Nur manche der hier beschriebenen Personen haben der Fairness halber einen „neuen" Namen bekommen.

Wenn man nun diese Geschichten liest, fällt einem die manchmal etwas primitive und plumpe Sprache auf, die aber in vielen Passagen auf ihre eigene Art und Weise schon wieder reizvoll und schön wird. So war eben die bäuerliche Sprache in diesen ländlichen Gebieten, in der die Geschichten spielen und ist es vielfach auch heute noch. Genau so, wie Opa Hermann und Oma Herta mit uns redeten und sich unterhielten, habe ich es hier wiedergegeben.

Natürlich sprachen sie miteinander plattdeutsch, nur wenn wir Kinder bei ihnen zu Besuch waren, unterhielten sie sich gegenseitig wie auch mit uns in der hochdeutschen Sprache.

Das Bauernhaus, in dem die Beiden wohnten, steht heutzutage übrigens nicht mehr. 1998 wurde es abgerissen und durch einen Neubau ersetzt, wie so vieles heutzutage. Ich kann nur sagen, schade, denn es hingen für mich persönlich viele, viele schöne Erinnerungen daran. Erinnerungen an meine Oma Herta und meinen Opa Hermann.

Heißer Tobak!

Unser Opa liebte seine Pfeife wirklich über alles. Es gab Tage, da kam sie in seiner Gunst noch weit, weit vor Oma. Die wünschte er nämlich manchmal sonst wo hin! Nein, nein, nicht so, wie ihr nun meint. Im Großen und Ganzen liebte er seine und unsere Oma Herta inniglich, zum Beispiel immer dann, wenn es etwas zu Essen gab. Also, in der Beziehung hatte Oma fix was los. Da machte ihr so leicht keiner etwas vor.

Sauerkraut und Stampfkartoffeln, Erbsen mit ´nem anständigen Stück Speck oder Grünkohl mit Wurst, Pinkel und Kasseler Bauch. Mmmh! All das liebte Opa Hermann an unserer Oma.

Nur, ich sagte es ja schon, manchmal verfluchte er sie auch, jedenfalls so ein klein wenig. Sie hatte nämlich eine Marotte, sie mochte absolut keinen Qualm! Eben darum, weil immer, wenn Opa mit seiner Pfeife in der Wohnung rumgestunken hat, alles nach diesem fürchterlichen Qualm stank. Und, nicht zu vergessen, Omas Gardinen und Vorhänge litten schrecklich unter diesem Laster, obwohl, weiß waren diese alten Gardinen, die noch aus dem Jahre „Achtzehnhundert - Schießmichtot" stammten, nie gewesen. Aber das tat ja nichts zu Sache.

Wollen wir aber mal ganz ehrlich sein, wenn Opa Hermann so zwischendurch an seiner alten, abgekauten Pfeife zog und es dann klang, als schlürfe sich ein Schwall Wasser durchs Abflussrohr, nein, also, das war wirklich nicht schön.

So bekam Opa eines Tages Rauchverbot im Haus, was so viel hieß, dass er bei jedem Wetter raus musste. Gleich, ob es nun warm oder kalt war, ob es stürmte, regnete oder schneite, ganz egal, Opa musste vor die Tür. Wie ein räudiger Hund stand er dann draußen in der kleinen Seitentür unterm Dach, wenn er eine Pfeife voll Tabak paffen wollte. Vorbei war's dann mit der Gemütlichkeit.

Früher, ja, da war es ja noch schön gewesen. Da gab es täglich noch zwischen Oma und Opa den sogenannten Meinungsaustausch. Opa kam mit seiner und ging mit Omas Meinung. Abends kam ´ne Flasche Bier auf den Tisch, ja, ja, Opa musste nicht in die Kneipe, da passte Oma schon drauf auf. Und dann so an besonderen Tagen oder auch, wenn Opa mal so richtig wieder was tun, sprich arbeiten, musste, gab es auch noch einen kleinen Köm dabei. Opa stopfte sich dann seine Pfeife und zog genüsslich an dem alten Ding. „Für mich ist das schöner noch als Weihnachten!", hatte er sonst immer gesagt und diese urgemütlichen Abende gelobt.

Schon ein paar Mal hatte er sich so in Gedanken ausgemalt, wie es denn wohl im Alter sein würde. Klar, Opa Hermann zählte nun ja schon an die achtundsiebzig Lenze, aber damit gehörte er noch in die Gruppe der jugendlichen Rocker. Er hatte nämlich den Leitspruch von „Opa Petersfeld", der ja man gerade erst neunundneunzig Jahre alt wurde, übernommen, der immer sagte: „Trau keinem unter achtzig! Sind alles Halbstarke!".

Ein schönes Bild, dieses alte Ammerländer Bauernhaus. Wie viel Arbeit es aber tagein, tagaus bedeutete, ein solches Heim in Ordnung zu halten, wissen eventuell nur noch die „Alten", die in solchen Häusern lebten und wohnten.

So ging das fast jeden Abend. Diese Ur- Gemütlichkeit schien man in diesem Haus gepachtet zu haben. Man saß zusammen in der großen Wohnküche und erzählte sich was. Alles, was man so am Tage erlebt hatte, kam abends auf den Tisch.

Bis eben an diesem einen besagten Abend. Oma hatte mal wieder rumgemeckert, hatte sich schon den ganzen Tag über Gott und die Welt aufgeregt, ohne das irgendjemand wusste, weswegen. Im Rahmen von Omas verbalen Rundumschlages kam auch Opas Pfeife mit auf die Verbotsliste. Und ob ihm das nun passte oder nicht, im Haus regierte nur eine Person und das war Oma Herta. Nach ihrem Wort hatte auch er sich zu richten.

***

Ab diesem Zeitpunkt nun stand Opa zum Rauchen, wenn er mal wieder Bedarf verspürte, in der kleinen Seitentür, die zum Garten rausführte. Bei gutem und trockenem Wetter saß er allerdings auch auf der alten Holzbank gleich links um die Ecke und ließ sich die Sonne ins Gesicht scheinen.

Dort saß er dann, zog an seinem alten Rotzlöffel und entließ den Qualm an die frische Luft, sodass man glauben konnte, es käme eine Lokomotive durch den Garten. In kleinen, kurzen Abständen zog er den linken Mundwinkel nach oben, öffnete dabei die Lippen einen winzig kleinen Spalt, sodass der Qualm entweichen konnte.

So war es auch heute gewesen. Opa war nun schon den ganzen Morgen draußen. Wollte wohl „Schön Wetter" bei Oma machen und hatte sich gleich nach dem Frühstück und seiner ersten Pfeife in den kleinen Garten begeben. Eigentlich war auch dieser Garten Omas Reich, aber gerade deshalb hatte er nun geglaubt, seiner Herzallerliebsten zur Hand gehen zu müssen. Er hatte nämlich viel, viel gut zu machen.

Eigentlich hatte er ja vorgestern nur mal 'ne kurze Tour durchs Dorf machen wollen. Mal ein wenig klönen mit dem Einen oder Anderen. Man wusste ja nie, wen man so im Dorfe traf. Erfahrungsaustausch nennt man das wohl. „Ich hol mir nur mal'n Paket Tabak. Bin gleich zurück!", rief Opa ins Haus, in der Hoffnung, Oma würde dies zur Kenntnis nehmen.

Die steckte aber zur gleichen Zeit mit dem Kopf in der Waschmaschine. Sie vermisste einen Strumpf. So hatte sie Opas Rufen natürlich nicht gehört. „Neumodischer Kram, diese dummen, blöden Waschmaschinen, andauernd fehlt mir ein Strumpf. Schiet auch, der muss doch irgendwo geblieben sein!"

Oma fluchte vor sich hin. „Hermann!" Stille im Haus! „Hermann, kannst du mal kommen?" Keine Antwort. „Hermann, sitzt du wieder auf deinen Ohren? Kannst du mir vielleicht mal helfen?" Omas Stimme war nun zwei Oktaven höher und um drei Stufen im Schallpegel stärker. Oh, verflixt und ausgerechnet nun war Opa nicht da.

Oma klapperte mit ihren Holzschuhen los. Hatte 'nen mächtigen Tritt drauf. Hatte sie aber immer, wenn sie mal in Fahrt war. Dann war nicht gut Kirschenessen mit ihr und Opa verkrümelte sich dann meist. Wartete ab, bis sich Omas Dampf wieder gelegt hatte.

Vor dem Haus nix, hinterm Haus nix, im Stall nicht und auch nicht im Garten. Opa Hermann war einfach nicht da.

Nach zehn Minuten brach Oma die Suche nach ihm ab. „Der ist bestimmt wieder zu Meyers Jan rüber, damit sie sich wieder gegenseitig die Hucke volllügen! Die alten Kerle, wenn man sie mal braucht, sind sie nicht da!"

Also, mit Meyers Jan hatte Oma einen Volltreffer gelandet. Nur mit dem Unterschied, dass der bei Claußen auf dem Hocker vor dem eichenen Tre-

8

sen saß und an seinem Korn nippte. Neben ihm saß Opa Hermann und noch einen Hocker weiter Ludwig vom Höstjekamp.

Dieser hatte dort schon am dem Tresen gesessen, als Opa Hermann und Meyers Jan hereinspaziert kamen. Beide hatten sich vor Claußens Kneipe getroffen und umgehend beschlossen, dass im Augenblick absolut nichts wichtiger sein könne als ein wunderschön gezapftes Bier aus diesem wunderschönen goldenen Zapfhahn, der mitten auf Claußens Tresen stand.

Logischerweise und obwohl Frauen in den wenigsten Fällen dafür Verständnis aufbringen, schmeckt ein solch schönes Bier nicht ohne einen Köm. Da Jan nun der Erste war, der hier am Tresen eine Runde springen ließ, durfte nun ja keiner der beiden anderen es lassen, auch eine Runde zu spendieren. Spaßig.

Ein weiteres Phänomen ist auch die Tatsache, dass ein Bier erst ab dem dritten Glase anfängt, gut zu schmecken. So ging das denn hin und her, die nächste Runde ging wieder an Hermann, die Nächste an Jan und so weiter. Natürlich das Ganze immer als Lüttje Lage. „Das bestellt sich besser", sagte Opa Hermann immer. „Probier das mal mit dem Sagen, sag mal „Bier" oder sag mal „Lüttje Lage". Lüttje Lage, das geht so rund und weich über die Lippen. Mmmh!"

Hihi!

Almut Claußen hinter dem Tresen hatte jedenfalls gut zu tun. Ständig pendelte sie zwischen Küche und Tresen hin und her, denn das Mittagessen für ihre Mannschaft musste ja auch pünktlich auf dem Tisch stehen. So blieb es nicht aus, dass sie ihre drei Gäste auch mal ´ne Zeit alleine vor dem Tresen hatte sitzen lassen. Die Kornbuddel machte jedenfalls zu der Zeit immer alleine seine Runden, so als Solo – Wirtschafts- Tour..

Opa mochte ja mit allem Recht haben, ich weiß es nicht. Jedenfalls war so mit dem „guten Bestellen" der kleine Zeiger der Uhr schon auf der dritten Ziffer in Richtung rechte Uhrenseite angelangt, also genau auf neunzig Grad Ost gerückt, als Opa Hermann versuchte, mit schon recht schiefen Mund einen normalen und klar verständlichen Satz zu artikulieren. „Mensch, war das nicht gerade eben erst scheen Uhr?".

Verflucht, die „Zehn" war aber schwer auszusprechen, denn bei diesem Wort pfiff es immer zwischen seinen falschen Dritten. Komisch, war das sonst auch so gewesen? So insgeheim für sich probierte er noch ein paar Mal, das Wort auszusprechen, aber ohne Pfeifen klappte es nicht. Er gab's auf!

„Hermann, was murmelst du dir in den Bart?" fragte Ludwig. „Hahaaaast du was gesagt?". Opa schüttelte nur mit dem Kopf und machte eine abweisende Handbewegung. Er konnte es nicht begreifen.

Oma Herta kam ihm in den Sinn, die ja bestimmt schon das Mittagessen fertig hatte und eventuell auf ihn wartete?!

Möglich!?

Bestimmt möglich!!

Die Erbsensuppe mit dem schönen dicken Stück Bauchspeck war kalt und Oma war heiß. Jedenfalls sah sie so aus, denn sie hatte ein puterrotes Gesicht, als Opa mit einem starken Rechtsdrall in die Küche gewankt kam. Vorher hatte er allerdings schon draußen auf der alten Bank gesessen, hatte versucht, sich fünfzehn Minuten lang seine Pfeife anzustecken und sich dabei überlegt, was er Oma als Entschuldigung vortragen könne. Bei beiden Sachen war aber außer einem verbranntem Finger nichts reelles rausgekommen.

Au weia!

Ohne einen Ton zu sagen, es war dieses Mal nur von Vorteil, marschierte Opa mit onduliertem Gang, so gut es ging, in die alte Gesindekammer. Dort legte er sich manchmal Mittags schlafen, wenn er Ruhe brauchte. In der Ecke stand für alle Fälle ein altes Eisenbett mit einer quietschenden Matratze. Opa Hermann ließ sich darauf fallen und versuchte noch, die alte zerschlisse Steppdecke, die am Fußende lag, zu greifen und über sich zu ziehen. Mit wirklich schönen zugedeckten Füßen und krumm wie ein alter Hering schlummerte er schließlich so bis zum nächsten Morgen.

Gegen vier Uhr kam er dann schlotternd vor Kälte in sein Bett gekrochen. Oma Herta hatte um halb Zehn abends, bevor sie Schlafen ging, noch einmal zu ihm reingeguckt. Gerade zu diesem Zeitpunkt hatte Opa den Hals weit offen stehen und fing mit rasselndem Geräusch dicke Fliegen.

Nun allerdings, morgens um vier, war es umgekehrt. Oma Herta lag in ihrem dicken Kopfkissen und unter der kugeligen, dicken Bettdecke, die sie immer brauchte und schnarchte, was das Zeug hielt. Mit Sicherheit hatte sie bestimmt schon fünf Festmeter Holz kurz und klein gesägt.

***

Gestern Morgen dann hatte Opa sich ziemlich früh, also unmittelbar nach dem Frühstück, welches nur aus einer starken Tasse Kaffee bestand, aus dem Staube gemacht. Mit einem gehörigen Brummschädel und Augen, die dem eines Meerschweinchens ähnelten, hatte er sich daran gemacht, die alte Scheunentür auszubessern. Diese harte Arbeit war auf jeden Fall besser, als Oma Herta heute in die Quere zu kommen. Vielleicht war das ja auch ein Mittel, um ihr den guten Willen zu zeigen, denn die hatte ihm schon seit über einem Jahr mit der kaputten Tür in den Ohren gelegen.

Als Oma dann mit einem kurzen, knappen „Mittag!" zum Essen rief, heute gab es übrigens die Erbsensuppe von gestern, hatte Opa versucht, sie mal im Vorbeilaufen so leicht zu berühren. So als ersten leichten Kontakt. Nur mal fühlen, wie die Wetterlage ist.

Es regnete immer noch, denn Oma hatte nicht einmal gelächelt oder irgendetwas gesagt. Nichts. Nicht einmal die Suppenkelle hatte sie ihm rübergeschoben. Oh, das bedeutete nichts Gutes!

Opa Hermanns Gartenbank. So manche Stunde verbrachte er auf diesem „guten" Stück.

Ohne die sonst übliche Mittagspause hatte Opa sich dann gleich nach dem Essen wieder an der Stalltür zu schaffen gemacht. Der häusliche Regen hatte bis zum Abend angehalten. Dauerregen war angesagt. Selbst beim Abendessen regnete es in der Küche und Oma Herta biss mit zusammengekniffenem Mund in ihr Brot.

Au, Au, Au, harte Zeiten!

Mit der Hoffnung auf den morgigen Tag legte sich Opa abends ins Bett. Nachdem er noch lange Zeit wach gelegen und versucht hatte, mit Oma ein Gespräch zu beginnen, aber nicht wusste, wie er es anfangen sollte, drehte er sich mit einem tiefen, tiefen Seufzer schließlich auf die Seite und schlief ein. Da hatte er die Sache doch wohl ein wenig überzogen.

Nun saß Opa schon seit dem frühen Morgen kopfüber im Gartenbeet und zupfte die überzähligen Wurzeln aus den eng gesäten Reihen, sodass sie Platz mehr zum Wachsen bekämen. Dabei ließ er den gestrigen und den vorgestrigen Tag Revue passieren, ohne dass er jedoch zu einem Ergebnis kam. Auch das er mit seinen großen Füßen die Stöcke zwischen den Erbsen schief drückte, merkte er nicht. Erst als Oma das Fenster öffnete und etwas lauter als gewöhnlich rief: „Die Erbsen!", drehte er sich um.

Opa stand der Schweiß auf der Stirn. Angstschweiß??? Das war bestimmt destillierter Alkohol! Er fasste in die rechte Hosentasche, holte sein großes Taschentuch hervor und wischte sich die Tropfen von Stirn und Nase.

Oma hatte ihm schon eine ganze Weile durch das Küchenfenster zugeschaut und ihn sogar ein wenig bedauert. So ein klein wenig Mitleid hatte sie schon mit ihm, als er dort wie ein Häufchen Elend im Beet hockte, denn sie wusste, dass er sich viele Gedanken machte und das ihm die Sache leid tat. „Aber," sagte sie zu sich, „lassen wir ihn noch ein wenig schmoren!"

Als Oma dann das nächste Mal aus dem Fenster sah, war Opa Hermann nicht mehr zu sehen. Der machte erst mal eine verdiente Pause, weil sich alles vor seinen Augen drehte. Er hatte sich auf die Bank gesetzt, sich die geliebte Pfeife gestopft und schmökte nun in Gedanken versunken vor sich hin.

Da Oma nun überaus neugierig war, wollte sie wissen, wo Opa sich zurzeit aufhielt. Ihr Gewissen beruhigte sich erst, als sie mit ihren Holzschuhen über die Diele klapperte und in die Waschküche ging. Weiter brauchte sie nicht, um zu wissen, wo Opa war, denn die kleine Seitentür stand offen und der Qualm zog ihr durch die Tür entgegen. Also saß Opa auf der alten Holzbank.

Oma tat so, als suche sie Etwas in der Waschküche und stapfte recht auffällig mit ihren lauten Schuhen darin herum. Dabei drehte sie sich drei Mal im Kreise, hustete einmal kräftig und laut und klapperte noch einmal mit dem alten kupfernen Wäschestampfer. Opa Hermann sollte es hören, dass sie sich in der Nähe aufhielt. Dann verschwand sie wieder in die Küche.

Opa saß derweil immer noch auf seiner Bank, zog wie wild und krampfhaft an seiner Pfeife, die nun schon wieder schlürfte und überlegte, wie er denn möglichst schnell wieder den Kontakt zu seiner Herzallerliebsten herstellen könne.

Es fiel ihm absolut nichts ein. Sein Kopf fühlte sich an wie leergefegt. Wie verlegen schaute er nach unten und strich sich den Sand von der Hose, der sich während der Arbeit daran festgesetzt hatte. Dieser bröselte trocken auf die Erde, nur an den Knien zeigten sich feuchte, dunkle Stellen. Aus reiner Verlegenheit tat er dieses, denn ein paar Minuten später marschierte er wieder in das Wurzelbeet, um seine Arbeit fortzuführen. Mühsam!

Wieder hatte er eine Zeit lang dort gesessen und ganz in Gedanken die Wurzeln verzogen, da hörte er hinter sich ein Geräusch. Er drehte sich um und sah gerade noch, wie Oma mit ihrem etwas zu breit geratenen Hinterteil wieder ins Haus stürmte. Er guckte verdattert, wusste nicht, was Oma hinter ihm gemacht hatte. Fast hätte er sich umgedreht und sich mit seinem Hintern in die Wurzeln gesetzt, denn nun machten seine Augen eine Entdeckung, die er nicht für möglich gehalten hätte.

Auf seiner Bank stand das kleine, bunte Tablett, welches Oma immer für die Küche benötigte. Darauf platziert eine Tasse Tee und zwei kleine Kekse. Opa guckte verdattert auf seine Armbanduhr. Elf Uhr, Teezeit! Opa Hermanns Herz hüpfte wie das eines Pennälers. Ganz aufgeregt stand er auf, schüttelte sich den Sand von der Hose, holte sein Taschentuch heraus, schnäuzte sich und stiefelte durch die Reihen zu seiner Bank.

Nun stand er dort und schaute ungläubig auf diese wunderschöne rotgoldene Tasse Tee, die dampfend vor ihm stand.

„Ich glaube, Oma hat mir doch verziehen!", sagte er so in Gedanken und ohne zu überlegen zog er seine Stiefel aus, klopfte sich noch einmal den Sand von seiner Hose und lief vor Freude lachend in Haus. Doch schon knapp vor der Küchentür kam Oma ihm auf der Diele entgegen.

„Raus nach draußen!" Opa stoppte, als wäre er vor die Wand gelaufen. Was war das denn? „Raus, ich kann dich hier nicht gebrauchen! Raus! Du schleppst mir nur den Dreck in die Küche". Dabei drückte sie ihn zum Teil rückwärts über die Diele in Richtung Waschküche, sodass er fast gestolpert wäre. Gottlob bekam er aber doch die Drehung, zog sich seine Stiefel an, die an der Tür standen und setzte sich wieder auf seine Bank.

Rumms!

Opa zuckte zusammen. Was war das denn? Er guckte. Oma hatte doch tatsächlich die Tür zugeknallt. „Naja," murmelte Opa zutiefst enttäuscht, „das war's dann wohl, und das nur wegen diesem einen Glas Bier!"

Trotz allem stopfte Opa sich die Pfeife voll Tabak, entzündete sie, machte ein paar Züge, rührte seinen Tee um und trank die Tasse in einem Zuge leer. „Dann kann ich ja besser ausziehen, wenn mich hier sowieso keiner mehr haben will!", sagte er laut.

Opa Herman war empört. Damit hatte er ja wirklich nicht gerechnet. Eben noch war er so erwartungsfroh gewesen, hätte fast mit seinen achtundsiebzig Jahren einen riesigen Luftsprung vollführt und nun? Alles war wieder dahin. Aller Frohsinn war mit diesem einen Knall verflogen.

Richtig wütend auf sich, auf Alles mögliche und auf Oma und unzufrieden wie nur irgend was schlurfte Opa den langen Weg nach vorn zur Straße. Drauf und dran, alles hinzuschmeißen und wieder zu Almut Claußen in die Kneipe zu gehen. Vielleicht hätte die ja ein offenes Ohr für ihn.

Er war auf alles knatterich. Nun störten ihn sogar die vielen Gänseblümchen und der goldgelbe Löwenzahn, der hier an beiden Seiten des Weges zuhauf stand und diese Zufahrt golden einrahmte. Ein wunderschöner Anblick.

Aber nicht für Opa. Keinen Blick für diese Pracht. Sogar der kleine Spatz, der zufällig am Wegesrand saß und seinen Blick auf einen kleinen Käfer geworfen hatte, bekam sein Fett weg. Mit dem Fuß schleuderte Opa Hermann einen Stein in Richtung Vogel, sodass dieser erschrocken hoch flatterte.

Die Seitentür des alten Bauernhauses. Direkt unter dem rechten Fenster stand früher einmal Opas „berühmte" Gartenbank, auf der er so viel Stunden verbrachte. Heutzutage ist dieses wunderschöne gemütliche Haus durch einen Neubau ersetzt worden.

Fast schon hatte Opa die Straße erreicht. „Hermann!" Oma stand in der Großtür und rief. „Hermann, Mittag ist fertig!"

„Ist ja komisch, das ich in diesem Haus noch was zu Essen kriege. Hab´ ich ja gar nicht mit gerechnet!" Opa schüttelte mit dem Kopf. Missmutig machte er sich auf den Weg. An der großen Dielentür angekommen, klopfte er im Vorbeilaufen seine Pfeife an der Hauswand aus, steckte sie in die Tasche, zog seine Stiefel aus und ging in die Küche.

Oma saß schon am gedeckten Tisch, als Opa die Küche betrat. Er guckte, rieb sich die Augen, guckte noch mal, guckte Oma an, wieder auf den Tisch, wieder zu Oma. Oh je, Opa war rein durcheinander. Nun ging er zu Oma, nahm sie in den Arm und drückte sie ganz kräftig. „Ach, Oma Herta, du bist doch die Beste!" meinte er. „Ja, Ja, ist gut. Nun drück mich man nicht so doll, ich kriege ja bald keine Luft mehr, setz dich man hin und ess! Lass dir's gut schmecken."

Auf dem Tisch stand Opas Leibgericht. Stampfkartoffeln und Sauerkraut. Mittendrin ein Stück Speck, Kasseler - Nacken und leckere Würste. Opa Hermann saß am Tisch und grinste wie ein Honigkuchenpferd. Er war überglücklich.

„Hermann, sag mal, hast du irgendetwas an deiner Hose, du riechst so streng!" Omas Nase konnte man nicht überlisten. „Nein", antwortete Opa, „nicht das ich wüsste, vielleicht haben aber ja die Katzen irgendwo einen Haufen hingesetzt und ich bin da mit meiner Hose durchgerobbt. Wer weiß!?" „Naja, egal, nun lang man tüchtig zu, hast es dir ja reell verdient!". Auch Oma schien wieder zufrieden zu sein mit sich und der Welt.

Gerade, als Opa sich den Teller mit seinem Lieblingsessen voll geladen hatte, schoss er vom Tisch hoch. Wie von der Tarantel gestochen warf er den Stuhl nach hinten, so das dieser umkippte und schlug sich fortwährend mit der Hand auf seinen rechten Oberschenkel. Oma hatte sich so dermaßen erschrocken, dass ihr fast das Stück Wurst im Halse stecken blieb.

Opa sauste nach draußen, sich immer noch mit der flachen Hand auf den Schenkel klopfend. Erst in der Waschküche stoppte er, griff den Pumpenschwengel und drückte und ruderte mit diesem, als wolle er ihn abbrechen. Endlich schoss das Wasser mit einem dicken, breiten Strahl in den Eimer. Ohne zu überlegen kippte er den gesamtem Inhalt über seine Hose und in die geöffnete Hosentasche, die nun schon qualmte.

Oooaaah! Welch eine Erlösung! Opa holte tief Luft. Da hatte er seine Pfeife wohl nicht richtig ausgeklopft, denn die restliche Glut war erst beim Hinsetzen aus der Pfeife gefallen und hatte seine Hose in Brand gesetzt.

Als Andenken an diesen Tag behielt Opa eine große Brandblase für mehrere Wochen auf seinem Oberschenkel. Trotz allem schmeckte das Essen immer noch, auch wenn es nun schon wieder abgekühlt war.

Übrigens, seit dem Tage hatte Opa Besserung versprochen und versucht, Oma nicht mehr zu ärgern. Was manchmal, aber nicht immer, ganz gut klappte. Denn, und das müssen auch die Frauen ein für alle Mal verstehen, Durst ist eben doch schlimmer als Heimweh!

***

15

Geschenkte Neuigkeiten!

„Hermann, kannst du mal schnell kommen?!" Oma stand in der Großtür, die nach vorne zur langen Allee in Richtung Hauptstraße raus führte und rief nach Opa. Die Augen links, die Augen rechts, Opa Hermann war nirgendwo zu sehen. „Wo mag der denn nun schon wieder stecken? Der war doch gerade eben noch hier!"

Oma klapperte mit ihren Holzschuhen los, rum um die Ecke in Richtung der kleinen Seitentür. „Der pafft bestimmt schon wieder eine, anstatt was zu tun! Oh, man, oh man, diese Kerle!"

Klock, klock, klock, klock, klock. Oma vibrierte und der Boden auch. „Der sitzt ja wohl nicht etwa bei Clausen vorm Tresen!? Dann kann er aber was erleben!"

Oma Herta hörte man schon von Weitem kommen, denn so langsam geriet sie in Fahrt, weil sie Opa nicht finden konnte. Und wenn sie mal irgendetwas nicht finden konnte, klapperte es zu Hause. Oma und ihre Holzschuhe. Je lauter das Klappern dieser Holzschuhe, umso böser war sie.

Dabei war es gleich, ob Oma sich nun in der Küche auf dem Steinfußboden, in der Waschküche oder Diele oder sich draußen aufhielt, man hörte sie immer. Denn auch draußen vor und neben dem Haus befand sich ein so genannter Gehweg aus dicken, runden Feldsteinen.

Oma mit ihren Quadratpantoffeln verstand es als Einzige, darauf schnell zu laufen. Jeder Andere, der das auch nur ansatzweise versuchte, verstauchte sich mit Sicherheit die Füße, so holperig war dieser Weg verlegt. Opa Hermann hatte ihn eigentlich schon längst mal neu machen wollen, so richtig schön mit diesen modernen Gehwegplatten, die es heutzutage gab, aber, er war arbeitsmäßig so dermaßen stark überlastet, dass diese Arbeit noch 'ne Weile warten musste.

Oma war nun schon bei der alten Sitzbank angelangt, die neben der kleinen Seitentür stand. Schon als sie um die Ecke bog, hatte sie gesehen, dass Opa dort nicht saß. Natürlich hatte sie Wichtigeres zu tun, als nach unten zu gucken und wäre in diesem Augenblick fast über ein Kabel gefallen, welches dort an der Erde lag. Sie stolperte, trudelte mit einer leichten Drehung, fing sich aber im letzten Moment an der Ecke vom Küchenfenster.

„Was liegt da denn wieder für ein Kabel!" Oma bückte sich, hob es auf, um es dann aber sofort wieder fallen zu lassen. „Watt ist datt denn für'n Kram hier? Bestimmt wieder von Hermann. Alles lässt der stehn und liegen. Nix räumt er weg! Mal gucken, was der wohl wieder für'n Blödsinn macht!"

Oma schlurfte noch einen Schritt schneller, immer dem schwarzen Kabel folgend, welches in Richtung Obstgarten um die Hausecke verschwand.

Opa Hermann. Mit zweitem Vornamen hieß er Wagemut. Hätte man jedenfalls denken können, wenn man hier so stehen sah. Auf einem hohen, dafür aber sehr wackeligem Gerüst Marke Eigenbau stand er und versuchte, die Hecke zu schneiden.

Eigentlich hätte man dieses Gerüst einmal fotografieren müssen. Omas gesamter Hausrat war hier vertreten. Auf der einen Seite die alte vierstufige Trittleiter und auf der anderen Seite zuunterst die alte Zinkwanne aus der Waschküche, seitlich schön edel mit Backsteinen unterfüttert, damit sie nicht so wackelte. Darauf hatte Opa den großen Dreißig - Liter - Kübel gestellt, den er vor Jahren mal von Fiet Hedemann gekriegt hatte. War wohl mal Lack oder Leim drin gewesen und Opa benutzte ihn immer zwischen den Beeten als Sitzplatz, wenn er sich mal ausruhen und ´ne Pfeife voll Tabak schmöken wollte.

Ganz oben drauf hatte er sechs Backsteine gelegt, selbstverständlich im Kreuzverband. So etwas ist von enormer Wichtigkeit, denn sonst würden die Steine doch verrutschen. Nicht aber bei Opa Hermann! Murks gab's hier nicht! Als Krönung des Ganzen lagen quer oben drauf vier Fußbodenbretter, die krumm und schief und in sich ziemlich verzogen waren.

Auf diesem neuzeitlichen Turmbau zu Babel versuchte Opa nun, dem Turnvater Jahn den Rang abzulaufen. Tief in Gedanken versunken schnitt und schnibbelte er mit seinem Geburtstagsgeschenk, einer wunderschönen elektrischen Heckenschere, die wie wild wachsende Hecke.

Sein Geburtsgeschenk. Selbst aussuchen durfte er sich das. Nur ganz speziell extra deswegen und überhaupt hatte er sich aufs Rad gesetzt und war ganz bis in die Hauptstadt nach Wiefelstede gefahren. Die gesamte Genossenschaft hatte er dabei auf den Kopf gestellt und rebellisch gemacht und letztendlich nach langer Suche diese Schere gekauft.

„Wie viel Rabatt krieg ich denn?" „Och, Hermann," meinte Fastje´s Gerd, „eigentlich ist da ja gar keine Gewinnspanne drauf, naja, aber weil du das bist und wenn du bar bezahlt, na, lass mich mal überlegen". Er guckte nach oben und tat so, als überlege und rechne er. Dabei kratzte er sich verlegen mit der Hand hinterm Ohr.

„Zwei Prozent kann ich dir ablassen!" sagte er nach einer kurzen Pause.

„Mensch," dachte Opa Hermann so beim Rausgehen, „das sind ja bald vier Lüttje Lagen, die ich hier und nun eingespart hab!" Er war überglücklich.

Gottseidank kam Opa dann auf seiner unwahrscheinlich schweren Rücktour, mit unwahrscheinlich viel Gegenwind, der ihm genau dort und sonst nirgends immer und stetig, wo er sich gerade bewegte, entgegenblies, bei Rabe vorbei, ja ihr wisst schon, genau gegenüber der Genossenschaft.

Hier konnte er sich erst einmal stärken. Hermann Rabe schenkte ihm ein Bier und´n kleinen Korn ein und Opa war zufrieden.

17

Omas Trampelpfad. Nur sie verstand es, sich mit ihren Holzschuhen einigermaßen schnell auf diesem holperigen Pflaster fortzubewegen.

Nach einer circa dreistündigen Rückfahrt kam er schließlich zu Hause an. „Oh, Herta", hatte er so gerade eben noch sagen können, „da war aber vielleicht ´n Wind!", als Oma ihm ins Wort fiel. „Du verschwindest nun sofort nach draußen, sonst kriegst du noch mehr Wind, und den auch von vorne!"

„So," dachte Opa, „dieses Schlafuter haben wir wieder hinter uns."

Leicht angedüselt und wackelig stand Opa Hermann nun dort oben und glich, wenn man ihn so beobachtete, in seinem Tun mehr einem Seiltänzer als einem Arbeiter.

Plötzlich ein kurzes, knappes: „Hermann!" Wie konnte Oma nur?!

Was man nun zu allererst sah, war eine fliegende orangefarbene, elektrische Heckenschere, Opas Geburtstagsgeschenk! Dann ein lang gezogenes „Aaaaaah!" Gleich noch ein Kabel, ein kippendes Gerüst und schließlich Opa, der mit einem dreifachen Axel und einem doppelten Rittberger und einer wunderschönen Drehung über die Hecke fiel. Dann war er Omas Augen entschwunden.

Nur ein riesiges lautes Klatschen. Platsch! Geräusche, als schlage irgendjemand Schaum. Auch ein Walross schien sich in der Nähe zu befinden. Prusten, Husten.

„Mist, verfluchter!"

„Hermann, fehlt dir was? Wo bist du denn?". Oma war ja manchmal so ein klein wenig einfältig. Wo sollte Opa denn wohl sein. Eigentlich hätte sie sich das bei Ihrer dummen Fragerei ja denken können.

Der nämlich unternahm just in diesem Augenblick den Versuch, aus dem Graben rauszukriechen. War gar nicht so einfach, denn erstens war dieser recht tief und breit, so circa zweieinhalb Meter und bildete gleichzeitig eine natürliche Grenze zu Meyer's Jan seine Kuhweide. Zweitens war dieses wunderschöne Gewässer ein idealer Tummelplatz für Oma Hertas Enten.

Och, diese Idylle! War das schön!

„Schietdreck!"

„Hermann, oh, mein Hermann. Gott, oh Gott, oh Gott! Hermann, wo bist du denn? Sag doch mal was! Hast du doll was abgekriegt?"

„Wieso, hast du einen ausgegeben?" Trotz dieses Unglücks flachste Opa noch. Insgeheim aber war er wütend. „Die olle blöde, dusselige Kuh!" murmelte er sich in den Bart, sodass Oma das man bloß nicht hören konnte.

Nun hörte man ein Schlagen und Patschen. Oma sah immer noch nichts. Sie hörte Opa nur hinter dieser dichten Hecke rumoren. Der musste nämlich, um wieder auf sein Grundstück zu kommen, bis zum Ende der Hecke laufen. Dort hatte er vor vielen Jahren einmal einen kleinen Steg aus drei schlanken, runden Pfahlhölzern gebaut. So konnte er bei Bedarf schneller zu Meyers kommen.

Gerade als Opa wie ein begossener Pudel diesen Steg erreicht hat und seinen Fuß darauf setzt, hört er eine Stimme rufen.

Hätte er bloß nicht drauf gehört und sich umgedreht. Meyers Jan stand bei seinem Haus, so circa hundert Meter von Opa entfernt und lachte, was das Zeugs hielt. Er stand dort mit zusammengekniffenen Beinen, grölte und schlug sich dabei mit der Hand aufs Bein. Sicher hatte er Opas Fall ins kühle Nass live miterlebt und freute sich nun wie ein Schneekönig.

Ich sagte es ja schon, hätte Opa sich bloß nicht umgedreht, denn mit einem Stiefel rutschte er von diesen glatten Stämmen ab und ....

5,8 - 5,9 - 5,9 . Supernoten!

„Mistdreck, verfluchter!" Bis zur Brust stand Opa schon wieder in der dreckigen Brühe und schlug dabei mit der Hand aufs Wasser, sodass das Entenkraut in alle Richtungen flog. Wie selbstverständlich landete ein Teil auf seiner Nase, was dieser aber nichts ausmachte, denn im Augenblick sah Opa aus wie Neptun persönlich. Gerade dem Bach entstiegen. Entenkraut, wohin man sah.

Nun hangelte er sich an dem Steg entlang zur anderen Seite und kroch fluchend an Land.

Es hätte nicht viel gefehlt und Oma wäre angefangen, laut zu lachen. Opa humpelte zu seiner Bank, setzte sich, um jedoch sofort wieder aufzustehen. Er ging in die Waschküche, holte sich den hölzernen Stiefelknecht und versuchte nun, sich mit Schimpfen, Fluchen und Reißen die Stiefel auszuziehen.

War jedoch gar nicht so einfach, denn die Füße sogen sich in diesem Gemisch aus Gummi, Strümpfen, Entenkraut und Wasser richtig fest.

Wutsch. Der erste Stiefel war geschafft. Mit roten Gesicht und zusammengekniffenen Augen zerrte er solange, bis endlich mit einem satten Schlürfen auch der zweite Stiefel seinen Widerstand beendete und zu Boden fiel.

Opa war wütend. Er kochte.

Mit einer Hand packte er die beiden Stiefel, holte aus und warf sie mit Wucht auf den Boden, sodass das restliche Wasser mitsamt Entenkraut und weiterem Stiefelinhalt in einem großen Bogen durch die Luft flog.

Oh, weh. Der Tabak. Opa schoss der Inhalt seiner Hosentaschen in den Kopf. Seine Tabaksdose, seine Pfeife. Sein Portmonee. „Gottseidank!", sagte er, „ist sowieso nix drin!"

All seine Utensilien legte er fein säuberlich auf die Gartenbank. Die Sonne würde die Sachen schon trocknen. Nun schlurfte er barfuß ins Haus, eine nasse triefende Spur hinterlassend.

In der Waschküche entledigte er sich seiner Sachen, ließ alles, so wie es kam, auf den Boden fallen. Nur die Unterhose behielt er an. Diese landete erst auf dem Waschbeckenrand im Badezimmer.

Runter unter die Dusche und tüchtig eingeseift. Oh, verflixt, brannte das in den Augen. Opa war Seife in die Augen gelaufen. Ein Griff zum Wasserhahn. „Wo ist der den nun geblieben?" Opa tastete mit seinen Händen an der Wand entlang.

„Ah, das ist er ja!" Wasser marsch!

„Herta!" Booaah! Stocksteif wie ein Gardesoldat stand Opa in der Wanne! Fast hätte er einen Herzschlag bekommen, denn mit seinem Gefummel hatte er den falschen Griff erwischt. Eiskaltes Wasser ergoss sich über ihn. Er war schon zu bedauern.

„Herta!" Der Ruf wurde hart und laut. „Herta, wo bleibst du denn?".
Er stampfte mit den Füßen in der Wanne rum, rieb sich mit den Händen den
Schaum aus dem Gesicht und versuchte, mit hastigen Bewegungen den Hahn
für das warme Wasser zu finden.

Man hörte sie kommen. Es klapperte im Dauerlauf.

„Nun mach doch mal Platz. Geh mal beiseite!" Opa klemmte sich mit
seinem Hinterteil an die kalte Faltwand.

Oh, das tat gut! Warmes Wasser. Schön! Fast eine viertel Stunde verbrachte er unter der Dusche. Irgendwann kam Oma angewackelt und brachte
ihm trockene Wäsche.

Sie grinste!

Als Opa Hermann dann schließlich neu eingekleidet in die Küche gewackelt kam, war sein Ärger mit einem Blick verflogen. Auf seinem Platz
stand ein großer, wunderschön dampfender Bierkrug. „Heißes Bier!", meinte
Oma, „ist gut gegen Erkältung. Gegen was anders ist das nicht. Nicht, das du
dir noch was einbildest! Prost Hermann!"

Der Star – Verkäufer.

Stintsen Friederich, ein wirklich aufgeweckter junger Mann. Gerade
mal neunzehn Jahre alt war er in diesem Jahr geworden. Opa Hermanns Neffe
väterlicherseits, einer aus der Linie von Ur - Opa Petersfeld. Eine ziemlich agi-
le Linie, wie ich immer und immer wieder feststellen konnte.

Allesamt, so wie sie kamen, waren sie nicht auf den Mund gefallen
und ging es mal um Ausreden, machte ihnen so leicht keiner etwas vor.

Stintsen Friederich. Schlagfertig war der Junge. Man konnte nur stau-
nen.

Friederich arbeitete übrigens als Verkäufer bei Hinrichs in Au-
gustfehn. Das nur so als Vorwarnung, falls ihr dort mal irgendetwas kaufen
wollt. Wenn das mal der Fall sein sollte, wendet euch man ruhig an ihn. Verkaufen kann er auch das, was man gar nicht braucht.

So wie letzte Woche. Friederich war gerade aus dem Urlaub wieder im
Geschäft. Chef Carl kam vom Kontor in den Laden gestürmt. „Du, Friederich,
du musst mal ´ne Zeit ohne mich auskommen, ich muss nun endlich mal die
Bücher auf Vordermann bringen. So geht das nicht weiter. Kommst wohl ´ne
Zeit ohne mich klar!? Wenn was ist, kannst mich ja rufen!"

„Ist doch klar Chef, machen sie man ran, ich pack das schon!" Friederich strotzte vor Selbstbewusstsein.

Gerade eben, als Chef Carl der Erste, den Laden verlassen wollte, klingelte die alte Glocke an der Eingangstür. Hinrichs Carl drehte sich um und sah ein prächtiges Geschöpf von Weib den Laden betreten. „Moin". Lotti Wilken, der Traum eines jeden Mannes. „Moin, Frau Wilken", erwiderte Chef Carl, „womit können wir denn dienen?" Mit schlankem Schritt kam sie durch den Laden gerauscht. „Moin, Herr Hinrichs, Nägel brauche ich. Kleine und große und Krampen, so ein Pfund, circa!"

Carl Hinrichs war schon jenseits von Gut und Böse, Frauen waren für ihn nur Frauen.

„Jo, Frau Wilken, dann wenden sie sich bitte vertrauensvoll an unseren Starverkäufer Stintsen Friederich. Der wird ihnen schon das Richtige raussuchen, Frau Wilken!" Lotti Wilken guckte erstaunt, drehte sich zur Seite und erblickte Friederich, der dort wie ein grinsendes Honigkuchenpferd hinter dem Tresen stand.

Augen wie ein Teddybär, Wangen so rot wie die der Kinder aus der Werbung und der Mund so breit wie eine Kiste. Ein Bild von einem Verkäufer.

„Tag, Herr Stintsen, sie haben ja schon gehört, was ich haben möchte".

„Moin, Frau Lotti, natürlich, alles hab ich gehört, nur, - Stintsen heiße ich nicht. Mein Name ist Beeken, Friederich Beeken!"

„Aber, aber, aber", stotterte Lotti Wilken, „der Chef sagte doch, sie heißen Stintsen, was denn nun?"

„Ja richtig, hat er ja auch Recht, aber richtig heiße ich Beeken. Nur eben rufen tun mich alle Stintsen Friederich. Dürfen Sie übrigens auch ruhig zu mir sagen, Frau Lotti!"

Lotti Wilken schüttelte mit dem Kopf, sie konnte es ja auch nicht wissen, wie diese Namensgebung zusammenhing.

„Naja, Frau Lotti, welche Nägel sollten es denn sein, große oder kleine, lange, dünne, Nägel mit einem kleinen oder großen Kopf, gestaucht oder nicht. Wofür gebrauchen sie die denn?"

„Och, ich brauch die gar nicht, aber mein Mann, der baut sich ein neues Carport, ja sie wissen doch, so ein Ding, wo man ein Auto drunter fährt".

„Jo, kenn ich wohl, bei mein Opa Hermann heißt das Ding allerdings Remise. Steh´n seine ganzen Ackerwagen drin und auch der Kartoffelroder und die neue Löffelegge, die er sich vor Kurzem gekauft hat"!

„Mmmh, kann schon sein". Lotti Wilken blickte schon nicht mehr durch. „Und Krampen sollten es noch sein, sagten sie? Dann müssten es aber ja schön lange, große sein. Schrauben, Frau Lotti, Schrauben, wie sieht's denn damit aus. Ein Paket Schrauben braucht ihr Mann doch sicherlich!".

„Kann schon sein, welche müsste ich denn haben?"

„Hol ich ihnen!" Friederich langte ins Regal und holte Schrauben, Nägel, große und kleine.

22

„Und Werkzeug, die Dame, wie sieht's denn damit aus, hat denn ihr Mann wohl alles, wenn er sich an ein solch gewaltiges Bauwerk wagt?"

„Oh, weiß ich eigentlich gar nicht."

„Hat er denn 'ne Kappsäge, 'ne vernünftige, Bügelsäge, Hammer, Schlossschrauben, Wasserwaage, Schnurwaage, alles Sachen, die man braucht".

„Hat mein Mann bestimmt nicht, aber sagen sie mal, was kostet denn eine solche Knacksäge?" „Kappsäge, liebe Frau Lotti, Kappsäge heißt so'n Ding. Damit sägt man die Bretter und Balken auf Gehrung!"

„Nun lassen sie es aber man gut sein. So'n Holz, das gärt doch nicht. Ich glaube, sie erlauben sich einen Scherz mit mir".

Friederich war in seinem Element. Verkaufsgespräch!

„Also, Frau Lotti, einen Scherz würde ich mir mit ihnen doch niemals erlauben. Nein, nein, ganz ehrlich, eine solche Säge kostet so rundherum nur knappe fünfhundert Mark. Kein Geld, wenn man die Qualität betrachtet. Die hält ein Leben lang und ihr Mann kann jeden Tag damit sägen, hin und her und was er will".

„Wissen sie was, junger Mann, packen sie mir man so'n Ding ein. Mein Mann hat nämlich übernächste Woche Geburtstag und da schenke ich ihm die Klappsäge!" „Kappsäge, Frau Lotti, Kappsäge heißt das Ding!"

Nach circa einer halben Stunde kam Carl Hinrichs in den Laden, um sich den Bleistiftanspitzer zu holen, der auf dem Tresen lag. Er guckte verwundert. „Na, Frau Wilken, sind sie ja immer noch da. Kommen sie denn zurecht? Finden sie alles?" „Alles in Butter, Herr Hinrichs, bestens!"

Somit war Chef Carl der Erste auch schon wieder in seinem Kontor verschwunden und brütete über den Büchern.

„So, Moment, halten sie mir man die Türe auf, ich helfe ihnen, die Sachen rauszutragen" Hilfsbereit wie immer schnappte sich Friederich zuerst die große Kappsäge, verstaute sie im Kofferraum von Lotti Wilkens Auto. Wieder rein in den Laden, die Bohrmaschine, die Oberfräse, Spaten und die Bügelsäge, die Wasserwaage, die Schrauben geholt und letztendlich die vier Pakete Nägel.

„Die sind ja nie weg, Frau Lotti, ha'm sie ihr ganzes Leben was von. Und die Qualität, Frau Lotti, denken sie an die Qualität!"

„Und eines noch," sagte er, als Lotti Wilken schon im Wagen Platz genommen hatte, „denken sie frühzeitig an den Winter. Heizöl und Brikett. Reinste Qualität. Vielleicht noch'n fünf, sechs Zentner Eierkohlen dazu. Sind ja nie weg! Schier Qualität, das Ganze. Unser Wagen fährt schon seit Wochen!" Friederich konnte es nicht lassen. Von morgens acht Uhr bis abends um sechs verkaufte er. Alles, was Hinrichs anzubieten hatte, verscherbelte er. Natürlich auch Heizöl und Brikett.

„Oh, gut, das sie das erwähnen, Herr Stintsen Friederich, schicken sie uns den Wagen man auch vorbei!" mit diesen Worten und eintausenddreihundertachtundvierzig Mark und fünfunddreißig Pfennig mehr in Hinrichs Kasse verabschiedete Lotti Wilken sich von Starverkäufer Friederich.

„Beehren sie uns bald wieder, Frau Lotti!" Friederich machte einen Bückling, den Kopf dabei weit nach unten und, und......? Was war das denn. Die Sohle löste sich vom Schuh!

„Das darf doch wohl nicht wahr sein. Hab ich doch erst vor ein paar Tagen bei Schuster Schmidt gekauft. Und nun schon in Dutt!? Ne! Schiet – Qualität!"

Gerade, als er dann wieder die Ladentür erreicht hatte, sah er hinter sich im Winkel seines Auges ein großes Gefährt vorfahren. Unverzüglich machte er auf dem Absatz kehrt und blieb vor der Türe stehen.

Frau Fabrikantin Wellershoff. Erkannte Friederich mit nur einem einzigen Blick. Fährt mit Chauffeur! Keiner sonst hier im Dorf fuhr ein solches Auto, geschweige denn, konnte sich ein solches Gefährt leisten. Machten in Fleisch, Wurst und Schinken, Im- und Export.

Friederich setzte sein bestes Grinsen auf. „Hoffentlich sieht sie nun nicht mein demoliertes Schuhwerk! Oh Gott, oh Gott, oh Gott!" Zwei, drei Schritte nach vorn und die Tür der schwarzen Limousine geöffnet. Mit einem noch tieferen Bückling als eben, fast hätte er nun die Straße geküsst, einer Ausholbewegung mit dem linken Arm und einem „Bitteschön, gnädige Frau, treten sie näher", hofierte Friederich die Dame bis in den Laden.

„Womit kann ich ihnen denn heute behilflich sein? Wie geht es Ihnen, Frau Wellershoff? Hoffentlich doch gut, wie man sieht. Stehen ja in der Blüte ihres Lebens, die Dame. Wie geht es denn ihrem werten Gatten?"

„Sagen sie mal. Wollen sie mir ein Gespräch aufdrängen oder können sie mir auch etwas verkaufen?"

„Oh, entschuldigen die Dame, womit kann ich denn dienen?" Frau Fabrikantin war heute nicht gut drauf! Achtung, Friederich!

„Ich hätte gerne einen Strahlenfänger!"

Mmmh??? Friederich zog die Nase kraus. Das tat er immer dann, wenn er etwas nicht wusste.

„Hol ich ihnen sofort. Einen Augenblick Geduld, die Dame!"

Niemals in seinem Leben hätte Friederich es zugegeben, dass er irgendetwas nicht wusste. Das ging an seine Verkäuferehre. Doch was war verflixt noch einmal ein Strahlenfänger?

„Ein Strahlenfänger, ein Strahlenfänger, ein Strahlenfänger!" Friederich murmelte auf seinem Weg ins Lager immer nur dieses eine Wort. Verflixt, ein Strahlenfänger? Was war das noch? Selbstverständlich hätte er ja nun Chef

Carl fragen können, aber.... ? Nein, nein! Wenn Friederich verkaufte, gab es keine Probleme!!!

„Ist egal, Carl!" sagte er und war beim Ende seines Verkäuferlateins angelangt.

Auf und ab ging sein Blick. Hoch und nieder. Wieso gab es auch so viele Sachen in diesem Laden?

„Aah!" Wie angewurzelt blieb Friederich vor dem Regal stehen und war vollkommen aus dem Häuschen. Seine Augen glänzten. „Da ist ja der Strahlenfänger!" Wie ein Zinnsoldat stand er vor dem Regal und schaute nach oben. Wo ist die Leiter? Her damit!

Rauf auf die Trittleiter und hoch nach oben. Da hielt er nun endlich den von Frau Fabrikantin Wellershoff gewünschten Strahlenfänger in seinen Händen.

„Das ich da auch nicht eher drauf gekommen bin! Mensch Friederich, ne," sagte er zu sich, „wo hast du auch deine Gedanken? Jungchen, Jungchen, weiß nicht mal, was ´n Strahlenfänger ist!"

Ein wirklich wunderschöner Strahlenfänger war das, was Friederich nun in seinen Händen hielt. Oben herum mit tollen Verzierungen und ganz e-mailliert. Sogar schon fortschrittlich bestückt mit zwei Griffen. Ein super Strahlenfänger, dieser Nachttopf.

Friederich kam nun stolz erhobenen Hauptes mit seinem „Fund" in den Laden zurück. „Entschuldigen sie, werte Dame, dass sie solange warten mussten", sagte er, „dafür habe ich ihnen aber einen wirklich wunderschönen Strahlenfänger rausgesucht! Erst dachte ich ja schon, wir hätten gar keinen mehr auf Lager!"

Stolz platzierte er den Nachttopf direkt vor Frau Wellershoff auf den Tresen. Als er nun jedoch lächelnd und grinsend in deren Gesicht blickte, dachte er, sie explodiert. Puterrot stand sie vor ihm!

„Herr Verkäufer, wollen sie mich etwa beleidigen? Was soll ich da denn wohl mit anfangen?" Friederich war sich keiner Schuld bewusst. „Das ist doch ein Nachttopf, oder als was würden sie das bezeichnen?" „Ja, aber, das ist doch ein, ein, ein, ja, so ein gewisser Strahlenfänger!?"

Friederich zeigte dabei mit der rechten Hand einen Bogen, den der Strahl doch wohl machen könnte!

„Würden sie mir wohl mal ihren Chef holen, junger Mann?" Die Dame kochte.

Carl Hinrichs war in der Zwischenzeit aus seinem Kontor heraustreten, ging jedoch unvermittelt ins Lager. Nur ein „Guten Tag, Frau Wellershoff!", dann war er verschwunden. Fast den gesamten Disput zwischen Kundin und seinem Starverkäufer Friederich hatte er hinter seinem Pult mitbekommen und sich gedacht, dass er nun doch erst mal vermittelnd eingreifen sollte.

Mit einem Lachen kommt er wieder in den Laden. „Nun lassen Sie es man gut sein, Frau Wellershoff, sie verderben mir ja meinen besten Verkäufer. Unser Friederich weiß mit Sicherheit nicht, was ein Strahlenfänger ist! Sonst hätte er ihnen doch einen verkauft."

Im Laufe des Gespräches legte er einen trapezförmigen Deckel mit einem runden Loch in der Mitte auf den Tresen. „Guck mal, Friederich, das ist ein Strahlenfänger. Du weißt doch, dieses Ding schiebt man oben auf eine Petroleumlampe. Damit die Strahlen der Lampe auf dem Tisch bleiben und nicht so vor sich hin und hin und her im Raume rumschweben. Deshalb ist auch die Unterseite weiß. Hier guck eben, wegen die Reflexion ist das!"

Friederich nickte, Frau Wellershoff nickte und auch Carl Hinrichs nickte. „Man nix für ungut, Frau Wellershoff und grüßen sie den gnädigen Herrn recht schön. Tschüss Frau Wellershoff!" Damit ist er wieder in seinem Kontor verschwunden.

„Was kostet denn nun dieser Strahlenfänger, junger Mann, oder wissen sie das auch nicht?"

Sie war heute vielleicht bissig. Friederich ließ sich jedoch keineswegs irritieren und aus der Ruhe bringen. „Moment, gnädige Frau, ha´m wir gleich". Dabei holte er eine alte Kladde aus der Schublade hervor, schlug sie auf und fing an, darin zu blättern. Die Seiten hin und her, ein Blick nach links, ein Blick nach rechts. Nochmals feuchtete seinen rechten Zeigefinger an und blätterte weiter.

„Aah!, da ist er ja!" Sein wirklich breiter Mund wurde nun noch etwas breiter. „Strahlenfänger klein, Strahlenfänger groß. Strahlenfänger groß." Dabei fuhr er mit seinem Zeigefinger die Tabellen hoch und runter. „Ja, da steht's ja! Neunundzwanzig Mark und neunundneunzig Pfennig, gnädige Frau!"

„Was?" Die Gnädigste wird noch um zehn Zentimeter größer. „Für einen solchen Blechteller fast dreißig Mark!?" Um ein Haar wäre ihr dieser wunderschöne Strahlenfänger, den sie schon in der Hand hält, auf den Boden gefallen.

„Gnädige Frau, nun seien sie doch nicht so entrüstet, wir machen die Preise doch auch nicht. Allerhöchstens fünf Pfennig haben wir an diesem exklusiven Qualitätsprodukt an Gewinn. Und bedenken sie, so´n Ding ist ja nie weg, da ha´m ´se ewig was von! Wolln, wolln, wolln sie noch so´n Ding mitnehmen?"

Friederich kam richtig in Tritt. „Nun ist aber gut, junger Mann, hier haben sie dreißig Mark. Einen Pfennig bekomm ich aber noch von Ihnen wieder raus. Unsereins muss ja schließlich auch mit dem Pfennig rechnen!"

Friederich händigte ihr den Pfennig aus, bedankte sich noch mal für den unwahrscheinlich tollen Kauf und ging zur Tür. Ganz Gentleman hielt er Frau Fabrikantin von der Firma Geiz & Gnädig die Tür auf sauste an ihr vorbei.

Er riss den Wagenschlag auf, bückte sich nochmals kräftig, als sie einstieg und ließ mit einem kleinen Klacken die Tür butterweich ins Schloss fallen.

Mit summendem Motor rauschte die Limousine vondannen.

„Chef, Chef!" Friederich sauste im Laufschritt ins Kontor. „Chef, ich muss mal ganz schnell eben nach Schuster Schmidt rüber, meinen Schuh reklamieren". Carl blickte auf Friederich, seinen grauen Kittel und die Schuhe.

„Jo, Jung, geh man, ist ja sowieso im Augenblick nix los. Beeilst dich aber!"

„Gut Chef!" Schon war Friederich aus der Tür.

Die hundert Meter bis zu Schmidt nahm Friederich im Dauerlauf. Stürmte in den Laden und: „Ist Lisa gar nicht da?" Friederich hatte auf die kleine Lisa, als Verkäuferin bei Schuster Schmidt angestellt, ein waches Auge geworfen. Seine kleine Butterblume, die kleine Dirn und so freute er sich immer, wenn er mal, auch nur so in der Mittagsstunde, ein klein wenig mit seiner Herzallerliebsten Händchenhalten konnte.

„Ne, is nich da!" Wilma Klingenberg. „Dralle Puppe", sagt Friederich immer, wenn er sie sah. Nur in Gegenwart von Lisa durfte er Wilma nicht erwähnen.

„Wo ist Lisa denn?" „Weiß nich, is weg!" So ein klein wenig primitiv war die Wilma ja schon, aber, schon oft hatte sie den Männern und Jungs im Dorf den Kopf verdreht.

„Das ist ja schade!" Friederich stand dort ein wenig enttäuscht und bedrüppelt.

„Was wünschen sie denn, junger Mann?" Dabei drehte Wilma ihr strammes Hinterteil und die langen Beine durch den Laden, dass Friederich irgendwie ganz anders wurde. „Och", sagt er, „ich wünsch mir so, wenn ich so um mich sehe, eine ganze Menge, aber haben möchte ich eigentlich nur ´ne neue Sohle unter meinem Schuh!"

Tiefkühlware.

„Hermann!" Oma Herta rief. Mit heller durchdringender Stimme versuchte sie, mit Opa zu kommunizieren. Der befand sich jedoch im Augenblick auf einer äußerst wichtigen Sitzung und wollte sich auf keinen Fall bei seinem Geschäft stören lassen.

„Oh, man!" Opa stöhnte. Hatte gewaltige Schwierigkeiten. Schuld waren wohl die beiden Tafeln Luftschokolade, ja genau die, die man im Fernsehen in der Werbung immer zeigt. Wenn man die isst, fängt man an zu schweben.

Hat Opa Hermann auch gemeint. Mit Schweben war das allerdings wohl nichts. Ganz im Gegenteil. Opa kämpfte. Richtig hart!

Aber, um die Sache klarzustellen, wie ein Ballon zum Fliegen sah Opas Bauch wirklich schon aus. Alles ging rein, aber nichts kam raus!

„Hermann! Sitzt du wieder auf deinen Ohren?"

„Ne, auf der Brille!"

„Ja, denn sag doch mal was!"

„Mal was?"

„Och, Hermann, sei doch nicht immer so kindisch, rede mal vernünftig!" Opa hatte absolut keine Lust, irgendetwas zu sagen.

Nach fünfundzwanzig Minuten Kampf zog Opa zum siebten Mal an der Kette. Die Hose zugeknöpft kam er langsam schlurfenden Schrittes in die Küche gewankt.

„Oh, Herta, mein Bauch!" „Och, Kerl, hör endlich auf zu jammern. Heulst mir hier die Ohren voll. Wieso isst du auch zwei Tafeln Schokolade auf? Hast wohl Angst, dass dir irgendjemand was wegnimmt!?"

„Ne, Herta, mehr war'n da ja einfach nicht. Nun hör doch auf zu schimpfen, das war bestimmt der Tee. Der war nicht mehr gut. Hast du das nicht gesehn im Fernsehn? Überall ist doch das Wasser vergiftet!"

„Tüdelkopp!" Oma winkte ab. „Datt war in Südamerika, hast wieder nicht richtig zugehört!"

„Oh, Herta, hast du nicht trotzdem so'n kleinen Boonekamp für mich und meinen Magen? Der hilft bestimmt immer, vielleicht so'n kleiner, eins, zwei oder auch drei! Hat Doktor Krupp auch gesagt!"

„Was hat Doktor Krupp auch gesagt? Wann warst du da denn?"

„Ja, vorgestern, als ich bei ihm war wegen meine Hühneraugensalbe". „Hühneraugensalbe?. Was willst du da denn mit? Du hast doch gar keine Hühneraugen?".

„Ne, ich nicht, aber unsere Berta da draußen im Stall. Hab ich dir doch gesagt, dass die alte Henne irgend was am Auge hat und dafür ist doch die Hühneraugensalbe!"

„Och Kerl, du bist ja tüdelig. Du kannst doch Henne Berta keine Hühneraugensalbe in die entzündeten Augen schmieren!"

„Ne!"

„Was ne?"

„Ja, ne, hat Doktor Krupp ja auch gesagt. Aber, er sagte auch, meine Verdauung klappt nicht. Ich sollte man so immer und ewiglich morgens, mittags und abends einen Boonekamp trinken. Das wär reinste Medizin!"

„Oh man, hast wohl keine zwanzig Pfennig mehr im Portmonee gehabt?"

„Was soll ich denn mit zwanzig Pfennig, Herta?"

„Bei der Telefonseelsorge anrufen oder musst du alte Schludertasche Doktor Krupp von 'ne Arbeit abhalten?"

„Ne, och was, das tu ich ja nicht, aber wie ist das denn nun mit so'n Boonekamp?"

„Ich will dir was anderes als so'n Boonekamp. Tu man ordentlich was, denn geht das wieder ganz von alleine weg!"

„Oh, Herta, bist du aber hart mit mir im Gericht. Einen so kleinen kannst du mir doch geben!"

„Drängelpütt, einen Kleinen und dann siehst du zu, dass der Kuhstall ausgemistet wird. Nix nicht hast du heute schon gemacht! Immer diese Schlurt-jerei!"

Schon war Oma mitsamt Glas am Kühlschrank, kippte einen kleinen Magenbitter ein und stellte ihn vor Opa auf den Tisch. Mit feuchten Augen nahm er das Glas, roch daran und stellte es wieder vor sich hin.

„Oh, Herta, datt du auch immer mit mir schimpfen musst. Dabei bin ich doch immer fleißig! Ich weiß gar nicht, was du immer hast?"

„Jo, jo, jo, jo, jo!"

Oma Herta war schon wieder weg. Mit wehendem Rock und Kittel-schürze verließ sie die Wohnung, um aber die Küche sofort wieder zu betreten.

„Nun weiß ich endlich wieder, was ich wollte!"

Opa saß immer noch vor seinem Glas, welches aber in der Zwischen-zeit wie ausgeleckt auf dem Tisch stand.

„Och, mein Hertalein, was wolltest du denn? Wolltest du was von mir, mein Herta?"

„Ich vermiss hier aus meiner Schachtel den Samen mit den Ra-dieschen. Weißt du, wo der geblieben ist? Der war bestimmt noch gut und nun, wo ich alles sortieren will, ist er weg. Immer dasselbe, sucht man mal was, kann man es nicht finden."

Opa Hermanns Augen leuchteten. „Jo, Herta, ach Gott, den Samen. Jo, den hab ich doch schon letzten Monat ausgesät. Ist doch schon richtig schön warm draußen. Die Radieschen, jo. Die Ersten, die kommen übrigens ja schon!"

„Was? Du bist ja wohl nicht ganz klug im Kopf? Wir haben nun man erst März und bis Mai soll man da doch mit warten. Wenn da nun mal noch'n Nachtfrost kommt, was denn? Dann friert die ganze Saat kaputt."

„Ne, ne, ne, Herta, ganz bestimmt nicht. Ich hab extra alles gelesen, was so auf der Packung stand von wegen die Betriebsanleitung. Und da stand das schwarz auf diese gelbe Packung: Tiefkühlware!"

Gülle.

„Herta, ich fahr los!" Opa rief noch mal kurz ins Haus, zog sich seine Stiefel an und ging nach draußen. Gülle musste ausgebracht werden. Auf einem Bauernhof eine ganz normale Arbeit, die aber einem Städter stets eine krause Nase und das Zeigen eines Taschentuches entlockte.

Riecht ja auch wirklich nicht gerade angenehm. Opa freute sich jedes Mal, wenn er mit seinem Güllefass auf dem Acker in die Richtung fuhr, bei der ihm der Wind entgegen blies. Dann kam ihm dieses tolle Aroma nicht ständig in der Nase.

Selbst die Jacke, Hose und sogar die Haut nahmen sich dieses wunderschönen Duftes an. „Ist 4712," sagte Opa, wenn mal einer fragte, wieso das denn so stinkt. „kannst mal sehn, was eine Nummer ausmacht!"

Opas McCormick. Der Trecker läuft heutzutage immer noch, obwohl nach Meinung von Nachbar Wempen Gerd er schon vor fünfzehn Jahren ins Museum gehört hätte.

Schon den ganzen Morgen war Opa auf Tour gewesen und hatte Gülle aufs Land und auf die Weiden gebracht. Der alte McCormick machte seine Runden und tuckerte so langsam vor sich hin. Opa schwörte auf seinen Trecker. „Hat mich noch nie im Stich gelassen!", meinte er einmal, als Wempen Gerd ihn mal drauf ansprach und doch glatt meinte, dass es nun für Opa Hermann doch mal an der Zeit wäre, sich einen neuen Trecker zu kaufen!

„Der gehört ja schon in Panoptikum oder ins Deutsche Museum, so alt, wie der schon ist!"

„Da gehörst du wohl hin. Lass du dich man ausstopfen, du oller Klüterkerl. Lass mich man machen mit meinem Cormick. Der lebt noch, wenn du schon auf deinem Altenteil sitzt! Bist wohl neidisch, was?"

„Och, du oller Geizkragen, willst dein Geld denn all mitnehmen? Warte man, wenn deine Herta denn erst mal alleine ist, dann verpulvert sie alles, was du zusammengekratzt hast!"

Wempen Gerd schnackte nun mal zu gerne. Oft wusste er alles anders, aber nicht unbedingt immer besser. „Klugschnacker!" sagte Opa.

Die nächste Tour. Wieder mal musste das Güllefass aufgefüllt werden. Dauerte gar nicht lange, dann war es wieder geschafft. Opa kletterte auf den Trecker, ließ sich in den Sitz fallen, sodass dieser auf und ab federte.

Kupplung getreten, Gang rein, Kupplung langsam kommen lassen und ....

„Moin Onkel, was machst du da?"

„Moin, August, was willst du denn?" Lothar stand neben dem Trecker und guckte hoch. Als Junge aus der Stadt verlebte er hier in der Nähe bei seiner Tante die Schulferien. Einen Bauernhof kannte er nur aus seiner Schulfibel und so war dieses fremde und für ihn neue Reich ziemlich interessant.

„Onkel, darf ich mitfahren?"

„Ne, das geht nicht, August!"

„Ich heiß nicht August!"

„Wie heißt du denn, du siehst doch aber aus wie August!"

Opa neckte ihn. Natürlich wusste er, wie der Junge hieß, schließlich spielte der nun in den Ferien fast jeden Tag zusammen mit Bernd, seinem kleinen Enkel..

Nur hatte der heute keine Zeit. Musste mit Mama zum Zahnarzt. Und das in den Ferien. Viel, viel lieber hätte er mit Lothar gespielt.

„Um vier bin ich wieder da, dann spielen wir wieder oben auf dem Boden im Heu!", hatte er zu seinem städtischen Gast gesagt.

„Ok!", hatte Lothar kurz und knapp erwidert, verabschiedete sich von seinem Spielkameraden und versuchte nun, sich allein die Zeit zu vertreiben.

Da stand er nun vor dem großen Trecker und guckte mit dem schmachtenden Blick eines Bernhardiners hoch zu Opa Hermann.

„Ich heiß aber Lothar, wieso darf ich denn nicht mitfahren?"

„Ne, das geht nicht, hier auf dem Trecker ist ja kein Sitz für dich, und ohne Sitz fällst du eventuell runter und brichst dir ein Bein oder den Arm oder die Nase oder die Ohren!"

„Och schade." Damit war die Sache abgetan.

„Kannst ja hinterher laufen und dann nehme ich dich nachher hier bei mir auf den Sitz!"

„Oh, toll! Ja."

Opa tuckerte mit seinem McCormick und dem frisch gefüllten Güllefass los auf dem Weg in Richtung Ländereien. Und so circa drei bis vier Meter hinter dem Güllefass lief der kleine Lothar und versuchte, mit seinen kleinen, kurzen Beinen dem Gefährt, in der frohen Hoffnung auf eine baldige, spannende Treckerfahrt, zu folgen. Beim Laufen sprang er manchmal von einem Bein aufs andere. Lachte, hüpfte und war froh!

Im Nachhinein konnte Opa Hermann sich das so gar nicht recht erklären, wie es gekommen war.

Urplötzlich hatte sich ein riesiger Schwall Gülle über den kleinen Sommerfrischler ergossen, obwohl der Haken, der zum Betreiben und Öffnen des Fasses benötigt wurde, in Opas greifbarer Nähe vorne angebracht war.

Opa Hermann schwörte aber Stein und Bein, dass er auf gar keinen Fall diesen Hebel betätigt hatte. Nicht mal berührt hätte er diesen und schon auf gar keinen Fall hingeguckt. Da hätte er sogar Oma Herta drauf verwettet.

„Das weiß ich auch nicht, wie das gekommen ist," sagte er, „eigentlich ja unmöglich. War bestimmt 'n technischer Defekt!"

Der kleine Lothar war natürlich schreiend nach Hause gelaufen. An Treckerfahren war nun nicht mehr zu denken. Außerdem mochte er Opa Hermann ab diesem Tage nicht mehr so wie sonst. Achthundert Meter bestialischer Gestank. Einen Schwarm großer, schwarzer Mistfliegen hinter sich herziehend, kam er bei seiner Tante auf den Hof gelaufen. Schon von weitem hatte das ganze Dorf und auch sie ihn kommen hören.

Gott sei Dank, jedenfalls für alle Anwesenden, die Schlimmstes befürchteten, gab es in diesem Hause eine Schwengelpumpe im Garten. Dort wurde der kleine Lothar mitsamt Kleidung, so wie er war, drunter gestellt und einer ersten Grundreinigung unterzogen.

In die Wohnung kam er erst nach vier Haarwäschen und die Tante hätte sonst was drauf schwören können, dass der Bengel trotz der vielen Wäschen immer noch stank!

Ein ganz normaler Tag.

„Los, Hermann, nun steh doch endlich auf!" Oma Herta rollte sich auf die linke Seite, zog ihre dicke Bettdecke bis über die Ohren und mummelte sich in ihr Kissen ein. Richtig lustig sah das aus, wie die beiden spitzen Enden ihres Kopfkissens steil in die Höhe standen. Dazwischen sah man nur Omas rechtes

Ohr, mit welchem sie seit längerer Zeit lauschte, ob Opa sich nun endlich bemühte, aus dem Bett aufzustehen.

Der aber schnarchte schon wieder. Nicht laut, sondern nur so ein leichtes Zirseln klang durch die Schlafkammer. Hüüüüü – pssssss , hüüüüü – pssssss, hüüüüü – pssssss.

„Hermann!"

„Hchab, hchab, hchab!"

Opa schüttelte sich, rieb sich die Augen und guckte auf den Wecker. Vier Uhr dreißig! Raus aus dem Bett.

Nun musste er sich aber sputen, denn heute war er dran mit Schweine füttern und Kühe melken und zwar ganz alleine. Heute war ein ganz besonderer Tag.

Omas Geburtstag!

Stockdunkel war es noch und Opa Hermann suchte nach seiner Hose. Er tastete nach dem alten Stuhl, wo er gestern Abend die Hose hingelegt hatte. Wo war denn bloß dieser Stuhl geblieben?

„Aua, aua, aah, tschschsch,. Haa! Verflixt!" Opa hatte sich den großen Zeh an der Frisierkommode gestoßen. „Schiet auch!". Leise fluchte er vor sich hin.

Rumms! Bingo! Das war der gesuchte Stuhl, der mit viel Krach über den hölzernen Fußboden rutschte. Endlich, da war ja auch die Hose.

So leise es ging, versuchte er, sich wieder auf die Bettkante zu setzen. Eine Drehung, und – schrrrrr. Das waren die Hausschuhe. Einer davon war bis unter das Bett gerutscht.

„Oh, man, auch das noch!"

„Hermann, was machst du da eigentlich? Kannst du mir das mal erzählen?" „Nix! Dreh dich man wieder um und schlaf noch 'ne Runde!" Auf den Knien rutschte er nun vor dem Bett rum und versuchte, seinen Hausschuh zu finden. Nichts! Der war einfach weg! Lang wie er war, lag Opa nun vor dem Bett, mit dem linken Arm wie wild unter dem Bett nach dem Hausschuh suchend.

Oma Herta wurd schon ganz nervös. Verzweifelt suchte sie den Lichtschalter ihrer Nachttischlampe, knipste sie an und guckte. Wo war Hermann?

Eine Rolle nach rechts. „Hermann, schläfst du da?"

Nun mit dem Licht hatte er endlich auch seinen Hausschuh gefunden. Ohne Worte sammelte er seine Strümpfe und das Hemd zusammen und ging aus der Schlafkammer. Nur nicht aufregen, Hermann!

In der Waschküche angekommen, entledigte er sich seiner Hose. Selbstverständlich durfte er doch mit seiner guten Hose nicht in den Stall. Oma hätte ihm schon ein paar Takte erzählt.

Rein in die alte Schlotterhose, die ihm vier Nummern zu groß war und ab unter die Pumpe. „Brrrrrh! Kalt!" Nun war Opa wach. Er schnappte sich das alte Hemd, rüber über den Kopf, in die Hose gesteckt. Knöpfe alle zu und rein in den Stall.

„Moin, Erna!" Opa begrüßte sie jeden Morgen. Als einzige Kuh stand sie hier zur reinen Selbstversorgung. Alles andere an Viehzeugs, bis auf Georgina und natürlich die Hühner, hatten Oma und Opa mit der Zeit schon abgeschafft.

Opa griff sich den Schemel, nahm den ausgespülten Eimer vom Haken, setzte sich unter Erna und fing an, das Euter zu massieren. So richtig liebevoll streichelte er das große Ding. „Dann gibt sie immer 'n paar Liter mehr!" sagte er immer. „Man muss die Tiere immer nur gut behandeln, dann bekommst du alles von denen. So'n Tier ist ja schließlich auch nur 'n Mensch!"

Er wusste Bescheid.

Bei vierdreiviertel Liter nahte dann das erste Unheil in Form von Ernas Schwanz. Opa bekam ihn genau an das linke Ohr. Er erschrak sich so dermaßen, dass er mitsamt Schemel und Eimer in den Dreck fiel.

„Du alte dumme Kuh! Was soll das denn? Bist wohl nicht ganz gut im Kopp?!"

Die schöne Milch. Eimer geputzt, Schemel unterm Wasserhahn gesäubert, Hemd und Hose ein wenig gereinigt und los ging's. Der nächste Anlauf.

Nach einer weiteren viertel Stunde war Ernas Euter leer und der Eimer wieder bis zur Hälfte gefüllt. Die Milch in den Kühleimer und auf zu neuen Taten. Georgina wartete schon.

„Moin, Georgie." Georgina war als Kostverwerter bei Oma und Opa angestellt. Ihre beste Sau. Aber auch die Einzigste. Futter in den Trog, Wasser hinterher. So, zack, zack. Opa hatte heute keine Zeit. „Tschüss Georgie!" Schon war er wieder aus dem Stall verschwunden.

Rein in die Waschküche. Auch die Katzen wollten versorgt sein. Alles ging flott von der Hand.

Mit der linken Hand fasste er sich in die Magengegend. Schon wieder tat sein Magen weh. „Kommt bestimmt von meiner Abnehme – Kur. Muss sich der olle Magen wohl erst drauf einstellen. Der verjagt sich ja, nun, wo er nix reelles mehr zu Essen kriegt!" Seit zwei Wochen schon wollte Opa die Pfunde vertreiben und eigentlich hielt er ganz gut durch. Alle Achtung! Hätte ich gar nicht von ihm erwartet.

„Herta! Frühstück ist fertig. Aufstehen!" Opa rief ins Schlafzimmer. Nichts rührte sich. „Los, Oma, raus aus dem Bett!". Bei genauem Hinsehen bemerkte er, dass Omas Bett leer war. Nicht einmal gemerkt hatte er es in seiner Hektik, dass Oma sich schon seit einer viertel Stunde im Badezimmer aufhielt. Sie war schon fertig mit der Morgenwäsche.

Wieder in der Küche angekommen, trafen die Beiden zusammen. Gerade schloss Oma die Tür zum Bad, als Opa die Küche betrat. „Mensch, Herta, da bist du ja. Nun komm doch erst mal in meine Arme."

Opa umarmte und drückte sie kräftig. „Herzlichen Glückwunsch zu deinem Fünfzigsten!" Oma lachte. „Du oller Charmeur, fünfzig!? So alt wollt´ ich wohl noch einmal sein, da hast du Recht!"

„Naja, ich meine aber auch ja fünfzig – Z!" Er konnte es nicht lassen, Oma zu ärgern. Die nahm ihm das aber keineswegs krumm. Sie kannte ihn nun ja schone lange genug und wusste, wie man ihn nehmen musste, damit er zufrieden war.

Oma strahlte. Da hatte Hermann ihr zum Geburtstag einen wunderschönen Frühstückstisch zurecht gemacht. Eine knallrote Tischdecke, dazu passend die gelben Kaffeetassen und die blauen Teller, alles aus Steingut. Ein wunderschöner harmonisch gedeckter Frühstückstisch.

Dazu dann die weißen Eierbecher, bestückt mit je einem Ei, welchen Opa einen gestrickten Eierwärmer aufgesetzt hatte. Kaffee, Brötchen, die er frühmorgens schon von Bäcker Gerken geholt hatte, Marmelade, Wurst, Käse und frische Butter, an alles hatte Opa gedacht.

„Hermann, was hast du denn mit den Eiern gemacht?

„Wieso, was ist denn damit?"

„Die sind ja ganz hart! Du weißt doch, ich mag keine harten Eier!"

„Da kannst du mir aber keinen Vorwurf machen, lange genug kochen lassen habe ich die aber. Die müssen weich sein! Das gibt es ja gar nicht"

Opa hatte es faustdick hinter den Ohren. Das der keine abstehenden Ohren hatte, wunderte mich immer wieder.

„Nun ess man tüchtig. Hast heute ja noch ´nen harten Tag vor dir. Wann kommt eigentlich unser Besuch?"

Die Enkel wollten heute kommen. Bernd und Jens. Wollten beide im Garten zelten. Und natürlich mit Oma und Opa Grillen. Hatte Opa den Beiden jedenfalls versprochen. Das Wetter war ja dementsprechend, die Vorhersage gut. Ein paar Tage sollte das Wetter noch so bleiben.

Obwohl, passen tat Opa das gar nicht so richtig in den Kram, das mit dem Grillen. Schließlich hatte er schon zweieinhalb Pfund abgenommen.

„Och," hatte er zu den Beiden bei ihrer Anmeldung gesagt, „vielleicht beiß ich einmal in eine Curry und überlass euch den Rest!"

„Die Beiden kommen bestimmt schon zu Mittag, so wie ich die kenne," sagte Oma, „die können das doch gar nicht mehr erwarten, mit ihrem Opa Hermann zu Grillen und hier im Garten zu zelten. Musst ´n bisschen mit drauf aufpassen, das die Beiden kein Blödsinn machen!"

„Ja, ja. Da passiert schon nichts!"

***

Zehn Uhr fünfzehn. „Oma, Opa, wir sind da!" Da standen die beiden Racker schon in der Tür. „Oma, hast du mal was zu trinken, wir haben Durst!"

„Natürlich Jungs, was wollt ihr denn haben, Sprudel oder Buttermilch oder Orangensaft?"

„Oh, ja, Buttermilch, Oma. Die schmeckt immer so gut! Aber ein großes Glas, wenn du hast. Und kalt!"

„Hab ich, hab ich, Jungs, wartet man, ich hol euch welche." Oma sauste in die Speisekammer, holte den großen Krug mit Buttermilch und stellte ihn vor den Beiden auf den Tisch.

„So, nun erzählt mal. Wie war denn eure Tour. Wann seid ihr denn zu Hause losgefahren?"

Die Beiden hatten viel zu erzählen. Die Uhr ging derweil schon auf die Mittagszeit zu und Oma fing an, das Essen vorzubereiten. Kartoffelpuffer, das Lieblingsessen der Beiden. Selbst Opa mochte die gerne.

Der kam gerade von draußen rein. Hatte die Hühner gefüttert und Eier aus den Nestern geholt. „Herta, die legen wie verrückt. Haben wir im Augenblick richtig Glück mit der Sorte. Zwölf Eier hab ich gefunden!"

„Stell die dort man auf den Tisch," sagte Oma, „und dann seh man zu, dass du den Jungs zur Hand gehst. Die wollen jetzt vor dem Mittag noch das Zelt aufbauen."

Opa wäre besser vom Zeltbau weggeblieben, denn von Architektur hatte er so viel Ahnung wie eine Kuh vom Dreschen. Das Zelt, nun schon hinten im Apfelgarten auf der kleinen Wiese aufgebaut, sah aus wie ein abstraktes Bauwerk aus den Fingern eines neumodernen Künstlers.

„Funktionell ist ein solches Ding ja schon," dachte sich Opa, „so mal für eine oder zwei Übernachtungen, wenn Oma mich mal rausschmeißen sollte. Nur, wie kommt man da rein?"

Der Eingang zeigte nach oben! Dafür hatte Opa aber trotz des eingreifenden Protestes der beiden Jungs quer oben drauf, zur besseren Steifigkeit des Ganzen einen Haselnussstrauch gebunden. „Nun hält das besser!", hatte er gesagt und sich zum Erholen auf seine Bank gesetzt, hatte sich seine Pfeife angesteckt und paffte so vor sich hin.

Bernd und Jens hingegen versuchten krampfhaft, Opas Wunderwerk zu entflechten. War gar nicht so einfach. Schließlich hatte Opa ganze Arbeit geleistet. Als Erstes mussten sie die ganzen Backsteine wieder beiseite schaffen, die Opa Hermann zum Beschweren auf den äußeren Rand gelegt hatte. „Das fliegt euch bestimmt nicht weg, da kann auch ein Orkan kommen!" Opa und seine Sprüche.

36

Oma hatte in der Zwischenzeit zum Mittag gerufen, die beiden Jungs hatten jeder so an die fünfzehn Kartoffelpuffer mit Apfelmus verdrückt und sich gleich anschließend wieder an die Arbeit der Zeltkorrektur gemacht.

Es war schon zur Kaffeezeit um drei Uhr, als endlich Bernd bei Opa ankam und fragte: „Opa, wo ist denn der Grill, wir wollen den schon mal aufbauen!". „Oh, mein Jung, der muss ja noch zusammengebaut werden und das könnt ihr sowieso nicht. Das ist Technik und davon versteht ihr nichts!"

„Ja, ja, Opa, ich weiß, genau so eine Technik wie das Zeltaufbauen, das hast du ja auch prima hingekriegt!"

„Man tut, was man kann! Ich helfe euch doch gern und wenn ihr mal was nicht wisst, fragt man euren Opa, der erklärt euch alles."

„Aber holen können wir den Grill doch schon, oder?"

„Jo, der steht auf der Diele. Oben auf die Hille hab ich ihn gelegt. Ist ja noch eingepackt. Findest wohl, Bernd, such man bisschen!"

Keine fünf Minuten hatten die Jungs bebraucht, dann stand der Grill fix und fertig für seinen Probelauf. Funkelnagelneu war das Ding.

Opa Hermann hatte ihn eigentlich nur als Zugabe mitgebracht, als er sich den neuen Rasenmäher kaufte. Dort hatte dieser Grill aufgebaut gestanden, schön lackiert und glänzend. Als er diesen dann aber zu Hause aufbauen wollte, hatte er irgendwann den Schraubenschlüssel, Hammer, Zollstock und Schraubenzieher wieder in den Werkzeugkasten geworfen und den Bau aufgegeben.

„Den haben die im Werk bestimmt total verbaut oder falsche Sachen ins Paket gelegt, das passt alles ja gar nicht, schiet Injenöre!" Pfeifenrauchen war doch einfacher!

„Opa, die Holzkohle ist da schon drin,", kam Jens um die Hausecke, „du musst die nachher nur noch anstecken!"

Alles stand startbereit, als Opa gegen Abend mit dem Feuerzeug und einem Fidibus bewaffnet zum Grill ging. Bernd und Jens standen schon dort und warteten auf die erste Wurst.

„Jungs, das dauert noch,", sagte Opa, „erst Mal müssen wir doch die Kohle zum brennen kriegen. Habt ihr Beiden denn auch wohl den Grillanzünder unter die Holzkohle gelegt?"

„Grillanzünder? Was ist das denn, Opa?"

„Also habt ihr keinen Anzünder drunter gelegt, wenn ich euch so angucke," unterbrach er die Beiden, die mit ungläubigem Blick ihren Opa anschauten. „Hab ich mir doch gedacht, alles muss man selber machen. Und ich sag ja noch, lass mich das machen, das ist ´ne Wissenschaft für sich!"

„Opa, du spinnst, du flunkerst," sagte Jens mit ausgestrecktem Zeigefinger, „man muss die Kohlen doch nur anstecken!"

„Ungläubige Brut! Alles muss man selber machen. Naja, dann hol ich wohl am Besten die Spiritusflasche, damit geht das am schnellsten!"

„Wir haben Hunger, Hunger, Hunger, haben ...."

„Wollt ihr wohl mal ruhig sein! Nun müsst ihr noch ein wenig warten. Das dauert nun mal!"

Oma brachte die Bratwurst und die Stücke Bauchspeck. „Oma, hast du auch Ketschup und Senf!" „Och Kinners, ihr fragt mir ja Löcher in den Bauch. Natürlich hab ich Ketschup und Senf. Ich kann doch nicht alles auf einmal tragen. Ihr könnt mir wohl mal etwas behilflich sein und die Sache aus der Küche tragen helfen!"

Gerade kam Opa mit seiner Spiritusflasche angewackelt, als Oma und die beiden Jungs ins Haus gingen.

„Bis gleich, ihr Lieben und lasst euch überraschen, wie schnell das nun geht!"

Es ging wirklich schnell, so schnell hatte Opa nicht mal gucken können, dann war das wunderschöne, nigelnagelneue Zelt weg. Nur noch die Zeltstangen standen dort wie verlassen auf dem Rasen.

Opa stand noch kreidebleich vor seinem Grill, als Oma und die Kinder mit all den vielen Sachen auf einem Tablett angelaufen kamen.

„Opa, wo ist denn unser Zelt?", fragte Jens.

„Das weiß ich auch nicht, auf einmal war das weg. Hat wohl der Teufel geholt."

„Ich sag ja, Opa spinnt so'n bisschen. Der Teufel. Hihi!" Bernd lachte.

„Jo, natürlich der Feuerteufel!" Opa konnte es nicht fassen. Noch immer stand er wie versteinert vor dem Grill, die Spiritusflasche, allerdings nun ohne Inhalt, in der rechten Hand haltend.

Dabei hatte er doch nur den Grill anstecken wollen. Komisch. Vielleicht war die Holzkohle auch ein bisschen feucht geworden. Denn sie qualmte so vor sich hin. Hier und dort war zwar ein kleines Glutnest zu sehen, aber so richtig wollte es einfach nicht brennen.

Jedenfalls solange nicht, bis Opa den Spiritus über die Kohle goss. Erst nur ein wenig, dann noch etwas mehr. Und dann, das Unheil nahm unweigerlich seinen Lauf, entflammte die Kohle und die Flamme schoss gleichzeitig auch, während Opa noch die kleine Zugabe feierte, in die Flasche. Wie aus der Rakete geschossen, richtig mit einem Rückstoß, kam der Inhalt aus der Flasche, spritzte bis über das schöne Zelt und entzündete dieses. Kunststoff und Spiritus, eine tolle Mischung.

Vier bis fünf Sekunden, dann lag das Zelt danieder.

„Hermann, was hast du gemacht?" Oma rauchte. „Du bist wohl nicht ganz gut im Kopf, steckt den Beiden das Zelt in Brand!"

Gottseidank stand immer noch Opas Rettungsinsel, das alte eiserne Bettgestell, in der Gesindekammer an Ort und Stelle. Eigentlich, so hatte sich Oma überlegt, wäre es für Opa die gerechte Strafe gewesen, wenn er in diesem quietschenden Gestell hätte schlafen müssen. Irgendwann, nachdem die Zeltreste beiseite geräumt und Wurst und Fleisch vertilgt waren und auch wieder gelacht wurde, schliefen aber die beiden Racker in diesem Metallgestell.

Der Knoten.

„Oh, Herta, mir geht das so schlecht!" Opa lag in seinem Bett und jammerte.

„Das kommt davon, wenn man nichts anständiges isst", versuchte Oma ihn aufzurütteln. „Du musst doch mal wieder ´n Stück Brot mit Speck oder ´n feines Stück Bauchfleisch essen. So geht das ja wohl nicht weiter."

„Och Herta, du weißt doch, dass ich abnehmen will. So´n paar Kilo müssen da noch runter, da bleibe ich nun auch hart. Heute Abend werde ich wieder mal versuchen, ein wenig Sauerkraut zu essen. Sauerkraut, das reinigt von innen, hat mir Behlen Fiet auch gesagt!"

„Du bist ja wohl ´n bisschen tüdelig. Ein Mensch kann doch nicht nur von Sauerkraut leben. Das geht doch nicht!"

Seit vier Wochen versuchte Opa Hermann nun schon, ein paar Pfunde abzunehmen. Klappte ja auch so einigermaßen, jedenfalls, wenn man von seinen zwischenzeitlichen Esstiraden einmal absah. In diesen Augenblicken wäre es das Beste gewesen, wenn Oma ein stabiles Vorhängeschloss vor Küchentür, Speisekammer und Kühlschrank gehängt hätte.

Vollmilchschokolade, Grillfeten mit Bauchfleisch, Bratwurst und so ab und zu bei Claußen vor dem Tresen ein paar Bier und Korn. Dann waren die wenigen mit viel Mühe abgekämpften Pfunde sofort wieder drauf.

„Oh, Herta, meine Beste, meine Butterblume, kannst du mir denn nich mal so eben ein kleines Glas Boonekamp holen? Ich glaube, das ist nun das einzigste, was mir hilft!"

„Hör auf zu säuseln, du olle Tüünkopp, raus aus dem Bett. Beweg dich mal, dann kommst du auch wieder auf die Beine!"

Oma wollte endlich die Betten machen, nur der kranke Kandidat lag in seinen Federn und hatte die Bettdecke bis über beide Ohren hochgezogen.

„Hermann, nun steh endlich auf, sonst hol ich gleich mal ´n Eimer Wasser. Dann lernst du mich mal kennen!"

Oma kam in Fahrt. „Ich komm gleich wieder, dann bist du raus aus dem Bett. Das ist schon bald zehn Uhr. Los! Raus!"

Opa schwang seine Beine aus dem Bett, zog sich seine Pantoffeln an und schlurfte ins Badezimmer.

„Willst 'n Ei, Hermann?" fragte Oma, als er endlich nach langer Zeit in die Küche gewackelt kam, „ich hab noch 'n kaltes Ei vom Frühstück. Kannst du kriegen, wenn du willst! Und Kaffee, wie sieht's damit aus, willst du jedenfalls etwas trinken?"

Opa schüttelte mit dem Kopf. „Ne, ne! Ich ess gleich mein Sauerkraut und anschließend trink ich Sauerkrautsaft!"

„Mach doch, was du willst. Soll dir das Sauerkraut doch aus der Hose wachsen!" Oma wendete sich wieder ihrer Arbeit zu.

Opa Hermann und sein Sauerkraut. Kaufmann Eilers im Dorf hatte sich extra wegen ihm einen Lagervorrat hingestellt. Und, man sollte es nicht glauben, es ging weg wie warme Semmeln. Hauptabnehmer war natürlich Opa, der pro Tag so zwischen ein bis zwei Kilo davon verputzte. Aber auch Bremers Heini, den Opa zufällig bei Zahnarzt Schmidt im Wartezimmer getroffen hatte, machte auf Antraten vom Essspezialisten diese Sauerkrautdiät.

Meyers Jan hatte allerdings nur gelacht, als Opa ihm von seinen Bemühungen erzählte. „Junge, Jan, wenn du denn mal Verstopfung hast, dann flutscht das aber. Gänzlich ohne Anstrengung kommt das denn". „Ne," hatte Jan geantwortet, „ich brauch keinen Sauerkrautschub, das schnattert bei mir man so aus der Büx!"

Opa Hermann saß am Küchentisch, die Dose Sauerkraut vor sich und stocherte mit der Gabel darin herum. Selbstverständlich hätte allzu gerne Omas Rat befolgt und sich ein Stück Schwarzbrot mit Speck und Senf zurechtgemacht, aber, dann hätte Oma ja gewonnen und das wollte er nicht. Die Blöße wollte er sich nicht geben.

Die Beiden hatten nämlich gewettet. „Das hältst du nie nicht keine vier Wochen durch, wetten?!" Oma stand vor ihm, die Hände in die runden Hüften gestemmt.

Sein Magen rebellierte. Das Rumoren in seinem Innern forderte ihn auf, unvermittelt den Gang vor die Türe anzutreten, denn seitdem er mit dieser Diät angefangen hatte, plagten Opa Hermann außer Bauchschmerzen auch seine Blähungen.

„Mensch, hab ich 'nen Hunger!" Opa saß vor der leeren Dose und sinnierte, ob er sich wohl noch eine zweite Dose zu Gemüte führen sollte. Hin- und hergerissen in seinen Gefühlen stand er auf, ging zum Küchenschrank, nahm ein paar Scheiben Schwarzbrot heraus und legte sie auf den Tisch. Dann holte er sich eine weitere Dose Sauerkraut aus der Speisekammer und öffnete sie. Der Hunger hatte die Oberhand behalten.

Ohne Unterbrechung stopfte Opa sich Brot und Sauerkraut in den Magen und saß anschließend in gebückter Haltung am Tisch und krümmte sich.

Damit Oma ihm nicht in die Quere kam, zog er es vor, sich nach draußen auf seine Bank zu setzen. Er stopfte sich seine Pfeife, entzündete sie, zog ein paar Mal daran und legte sie beiseite. Selbst seine sonst so geliebte Pfeife schmeckte ihm heute nicht.

„Mensch, was ist das bloß?" sagte er. „Das sind ja Schmerzen, das kann ja kein Mensch nicht aushalten!"

„Oma, ich fahr mal kurz zu Doktor Krupp", rief er ins Haus.

„Was willst da denn schon wieder? Schludern, oder was?"

„Nee, Herta, mir geht das gar nicht gut, mein Magen der zwickt, so´n Ischiaskrampf in die Magengegend hab ich ganz doll."

„Das kommt von deine Diät – Künste. Sollst man richtig was essen. Wirst schon sehn, das wird Doktor Krupp dir auch erzählen. Fahr man hin!"

Opa schwang sich auf sein Fahrrad und eierte los. In gebückter Haltung saß er auf dem Fahrrad, hielt sich mit der linken Hand seinen Bauch und kam nach einer Zeit mit dieser Haltung durchs Dorf fahren.

„Moin Hermann, was hast du denn für Schwierigkeiten, bestimmt ne Kulik, was?" Frieda Bruns stand dort zusammen mit Herta Siems und Carla Kruse. Opa machte nur eine abweisende Handbewegung. „Schludertaschen!" murmelte er sich in den Bart.

„Geht es ihnen nicht gut, Opa Hermann? Was haben sie denn für Schwierigkeiten?" fragte die Sprechstundenhilfe. „Setzen sie sich man noch so eben in das Wartezimmer, ich ruf sie gleich auf!"

Opa stand der Schweiß vor der Stirn. Nicht einmal mehr tief Luft holen mochte er, solche Schmerzen peinigten ihn.

Nur zehn Minuten später fuhr Opa mit Blaulicht und Martinshorn ins Krankenhaus. Doktor Krupp hatte unverzüglich, nachdem er Opa untersucht hatte, denn Rettungswagen angerufen. „Das ist mit Sicherheit ein Darmverschluss!", hatte er gesagt.

„Oh, Herr Doktor, was ist das denn, ein Darmverschluss? Hab ich ja gar nicht gewusst, dass man den abschließen kann!?" kam postwendend die keuchende Frage.

„Hermann, das ist ein Knoten in deinem Innern. Der lässt nix mehr raus. Das biegen die in Westerstede aber schon wieder hin. Keine Sorge! Fahr du man ins Krankenhaus und ich geb´ in der Zwischenzeit deiner Herta Bescheid!"

Es war tatsächlich ein Darmverschluss, wie schon vermutet. Zwei ganze Wochen lag Opa mit dieser Sache im Krankenhaus, vergaß nicht, weil er Oma ja nun nicht hatte, die Schwestern zu ärgern und ließ sich so richtig verwöhnen.

Am vierten Tag bekam er sogar schon wieder die erste feste Nahrung in Form eines Kekses. Auch eine Tasse schwarzen Tees stand auf dem Tablett.

„Och Schwester, soll ich davon satt werden? Haben sie nicht für die arme leidende Bevölkerung eine Scheibe Schwarzbrot mit gutem Ammerländer Schinken? Oder vielleicht so´n ganz kleinen Zwischenahner Smoortaal?"

Er saß im Bett und mit dem Blick eines Bernhardiners bettelte er. Trotz alledem ließ sich keiner auf dieser Station erweichen.

Als er dann endlich nach vierzehn langen Tagen wieder in Omas Reich in Omas Küche an Omas Tisch in saß, hatte sie ihm schon zur Begrüßung seinen fertigen Teller mit Essen hingestellt. Eine Tasse Tee und vier Kekse.

Sauerkraut hat es übrigens lange, lange Zeit nicht mehr in diesem Hause gegeben.

Die Motorsäge.

„Watt ist das aber ´n feiner Kram. So´n schönes Ding!". Opa und sein neues Spielzeug, seine motorige Kettensäge. Er war ganz aus dem Häuschen und hin und weg. Gerade eben hatte er sich diese Säge aus Edewecht geholt.

„Herta, ich muss mal eben nach die Genossenschaft, wegen die Säge und so!"

„Jo, jo, jo". Mehr kam nicht aus der Küche. Oma wusste, wenn Opa sich irgendwas in den Kopf gesetzt hatte, machte er dieses auch.

Prrrrrrrt! Prrrrrrrt. Opa zog wie wild an der Schnur. Nichts tat sich. „Mmmh!? Komisch! Eben, als Oltmanns Willi daran gezogen und mir die vorgeführt hat, lief das Ding doch. Ist doch ´n Witz!"

„Du Willi," sagte Opa, den Telefonhörer ans Ohr gedrückt, „die Säge ist kaputt, die springt nicht an!"

War doch das einfachste, gleich bei der Genossenschaft und bei Willi Oltmanns anzurufen und nachzufragen.

„Ne, Hermann, die ist nicht kaputt, ist schier Qualität, das Ding. Ich hab dir doch erklärt, das du beim Starten den kleinen Knopf drücken musst. Das ist so´ne Sicherheit eingebaut!"

Opa legte den Hörer auf und ging wieder nach draußen. Nun nahm er sich die Säge, hielt sie in der Hand, drehte sie hin und her und betrachtete diese von allen Seiten.

„Aha!" Opa hatte den Knopf entdeckt. Knopf gedrückt, am Band gezogen und .... Nichts!

„Du, Willi," sagte Opa bei seinem zweiten Anruf in Edewecht, „die Säge ist kaputt, die läuft immer noch nicht!"

„Hast du da denn auch Benzin drauf getan? Gemisch muss da drauf, eins zu fünfundzwanzig! Hab ich dir aber auch gesagt, Hermann!"

Opa stürzte wieder nach draußen.

„Hermann, vermisst du was?“, hatte Oma so im Vorbeilaufen gefragt. Mit einer abweisenden Handbewegung war er ohne zu antworten nach draußen gelaufen. Er war genervt!

Kanister in die Hand, rauf aufs Rad und los. Ganz bis nach Kattwinkel musste er fahren. Und was das Schlimmste war, er musste dabei an vier Kneipen vorbei, auf der Hintour zwei und auf der Rücktour zwei. Oh, war das schwer!

Wieder zu Hause angekommen, erst das Gemisch eingefüllt, Knopf gedrückt, Band gezogen!?! Prrrrrrrrrr! „Juchhu!“ Das Ding lief. Nur, - die Kette nicht, die man eigentlich ja brauchte, um irgendetwas zu sägen.

„Du, Willi, die Säge ist kaputt, die Kette läuft überhaupt nicht mit!“

Die alte Genossenschaft in Bad Zwischenahn. Hier war Opa zwar nicht der beste, dafür aber der aufregendste Kunde.

„Hermann, nun ist aber gut. Ich hab dir doch gesagt, das die Säge ´ne Automatik hat. Nur wenn du Gas gibst, also dann, wenn du den Hebel bedienst, dann läuft auch die Kette. Gut?“

„Gut!“

Opa Hermann schnappte sich erneut und genervt die Säge, machte alles nach Anleitung, die Säge lief und auch die Kette bewegte sich. Welch ein Wunderding!

Das erste Opfer war der alte Sägebock, den er im Schuppen stehen hatte. Kurz und klein sägte er das alte Ding. Das zweite Opfer war die alte Schiebkarre, die Oma Herta nur so auf dem Rasen stehen und wunderschön mit Blumen bepflanzt hatte.

Das dritte Opfer war .... Opa Hermann.

Eigentlich wollte er ja nur mal kurz die überschüssigen Äste aus dem alten Zwetschgenbaum sägen. Hierzu brauchte er natürlich eine Leiter.

Logisch, eine Leiter. Die hatte Opa zwar selber gebaut und war schon über acht Jahre alt, aber, es war eine Leiter.

Leider war sie mit der Zeit doch wohl schon etwas morsch und brüchig geworden, denn genau zu dem Zeitpunkt, als Opa mitsamt Säge, Gottseidank ohne laufende Kette, die oberste Sprosse erreicht hatte, knackte dieses Monstrum aus zusammengezimmerten Dachlatten. Anschließend knackte es noch weitere acht Male. Dann stand Opa Hermann mitsamt seiner Säge wieder auf Gottes Erdboden.

Nichts war passiert. Nur die alte Manchesterhose hatte etwas gelitten, denn das linke Hosenbein war am obersten Nagel hängen geblieben und so stand Opa nun mit offenem Schritt in der Landschaft!

„Herta, ich brauch mal deine Trittleiter!", hatte er nur ins Haus gerufen und sich gleich wieder aus dem Staube gemacht.

Es war besser so!

Die Trittleiter unter den Baum gestellt, die Säge in Gang gesetzt, sich nach oben gereckt, so stand Opa auf seinem wackeligen Stand. Gerade in dem Augenblick, als der erste Ast fast durchgesägt und sich mit Schwung auf Opas Stirn neigte, bekam auch diese wunderschöne grüne Kettensäge eine Schlag ab.

Wie in Zeitlupe versuchte Opa noch, das Unheil abzuwenden, aber die Kette, noch richtig scharf und mit dem gierigen Ausdruck: Ich brauche was, ich brauche was, Opa hatte es jedenfalls genau beobachtet, ritzte sie mit den letzten noch laufenden Zähnen einen wunderschönen tiefen Schnitt in Opas Unterarm.

Sieben Minuten brauchte der Krankenwagen. Super – Zeit!

Dann saß Opa mit den beiden Sanitätern und selbstverständlich auch Oma, - oh Gott, oh Gott, oh Gott -, in der Küche. Die Wunde sah nun während der Erstversorgung aus wie eine Ufo – Landschaft. Alles schön rot mit vielen Stäbchen, den sogenannten Blutstillern in seinem Arm.

Gegen Abend war Opa aber schon wieder aus dem Krankenhaus entlassen. Mit einem dicken Verband saß er am Tisch, immer und immer wieder die Schmerztabletten im Blickfeld.

Die Säge übrigens hatte Oma wohlweislich erst einmal unter Verschluss genommen.

Der Marktbesuch.

„Hermann, wo hast du denn den Korb hingestellt? Du hattest den doch das letzte Mal!"

„Den Korb, den Korb? Was denn für ein Korb?" Opa tat so, als wisse er nicht, was Oma Herta meinte.

„Meinen Einkaufskorb! Ich hab schon die ganze Wohnung abgesucht und kann ihn nicht finden. Ist doch immer wieder das gleiche, sucht man in diesem Haus mal was, ist es garantiert verschwunden! Den hast du doch wohl wahrhaftigerweise nicht im Stall, oder?"

Oma Herta sauste wie eine angestochene Tarantel durch die Wohnung.

„Hermann! Los, nun such endlich. Wo hast du den Korb gelassen, ich muss los zum Markt. Wenn ich nun nicht los komm, ist nachher ist das Beste weg!"

„Och, Herta, zum Markt kann ich ja auch gehen, ruh du dich man aus und trink ´ne Tasse Tee. Ich geh nun los und wenn ich dann nachher wieder komm, möchte ich auch wohl was trinken".

„Das ist auch ´ne gute Idee," meinte Oma, „dann kann ich in der Zwischenzeit den Haushalt auf Vordermann bringen. Soll ich dir denn aufschreiben, was du mitbringen sollst?"

„Ne, brauchst du nicht, wenn das nicht zuviel ist!?"

„Zwei Pfund Erdbeeren, fünf Pfund Kartoffeln, ein Pfund Tomaten, ein Bund Petersilie, eine Stange Porree, ein Pfund Zwiebeln und vom Hühnerschlachter bringst mir für morgen noch fünf Hühnerbeine mit. Kannst das alles behalten? Kriegst das rein in deinen Kopf?"

„Jo! Klar! Was war das noch alles?"

„Komm her, ich schreib dir das besser auf, bevor du wieder nur die Hälfte mitbringst!"

Opa hatte die Türklinke schon in der Hand. „Und womit willst du das alles tragen?"

„Das kriege ich schon alles mit, ich kann ja auch meinen Fahrradkorb nehmen!"

„Ist gut, saus man schnell los!"

Omas Einkaufskorb. Oh man, kaputt war der. Total demoliert. Opa brauchte ihn gestern als Ersatz, weil er den Drahtkorb nicht finden konnte. Da hatte Omas Einkaufskorb so zufällig in der Gegend rumgestanden, sodass er sich diesen genommen hatte. Er musste Steine vom Acker zusammentragen. „Wachsen wie wild!", sagte er und so war das auch wirklich. Immer, wenn Opa Hermann mit dem Pflügen fertig war, lagen wieder Steine auf dem Land. Die mussten vor dem Eggen zusammengesucht werden. Dabei war dann leider der schöne Einkaufskorb zu Bruch gegangen.

„Moin!" Opa war beim Gemüsestand angekommen. Er kramte seinen Zettel raus und fing an, die einzelnen Posten vorzulesen, obwohl noch Einige vor ihm standen. „Na, junger Mann, was kann ich denn wohl für sie noch tun?"

„Jo, bin ich denn schon dran?"

„Jawoll, kann losgehen, Opa!"

Opa war rein tüdelig. „Wenn sie mich meinen, dann kriege ich zwei Pfund Erdbeeren."

„Ja, genau sie meine ich, Opa". Oh, man, diese dralle Marktfrau war aber gut drauf.

„Was ich Ihnen aber noch sagen wollte," meinte sie beiläufig, während sie die Erdbeeren in der Tüte verstaute, „dass heißt nun aber Kilo".

„Wieso," sagte Opa ganz erstaunt, „etwa nicht mehr Erdbeeren?"

„Nun bringen sie mich man nicht durcheinander", antwortete die Marktfrau schroff, „was darf es denn sonst noch sein?"

„Ja, wenn das so ist, denn geben sie mir man fünf Kilo Kartoffeln. Und ein Kilo Tomaten, ein Kilo Petersilie, ein ..."

„Halt, ein Kilo Petersilie wollen sie?"

„Ja, hier auf meinem Zettel steht Ein Bund Petersilie, aber wenn sie sagen, dass nun alles Kilo heißt, möchte ich ein Kilo Petersilie!"

Ein Bund Petersilie gab die Verkäuferin ihm rüber. Alles eingepackt, alles bezahlt und schon ging's an den nächsten Stand.

„Moin, ich hätte gerne fünf Kilo Hühnerbeine!"

„Fünf Kilo Hühnerbeine möchten sie?" fragte die Verkäuferin mit ungläubigem Blick, „kriegen sie übers Wochenende wohl ´ne Menge Besuch, was?"

„Oh Gott," dachte Opa, „ist die neugierig!" „Das weiß ich nicht, ob wir Besuch kriegen, angemeldet hat sich niemand. Ist denn irgendetwas Besonderes los? Ein Feiertag oder was?"

„Nein, nicht das ich wüsste, ich frag nur, weil sie fünf Kilo Hühnerbein mitnehmen. Ungewöhnlich!"

„Ach so", sagte Opa, „das nehmen sie man nicht so genau, aber heute bestellt man nur noch in Kilo".

Die Marktfrau guckte Opa an, als wäre er ein Untier. Sie konnte auch ja nicht ahnen, was eben am Gemüsestand passiert war.

Opas Rad hatte vom großen Gewicht fast einen Plattfuß bekommen. So eierte er nun damit langsam nach Hause.

„Hermann!," sagte Oma entrüstet, als er mit den vielen Sachen in die Küche reinmarschiert kam „Was ist das denn?" Oma guckte entgeistert und setzte sich auf den Küchenstuhl. Opa dagegen lachte und freute sich, dass er Oma so schön die Arbeit abgenommen hatte.

„Hermann, was hast du da denn mitgebracht?"

„Alles hab ich eingekauft, Herta. Alles, was du auf den Zettel geschrieben hattest. Fehlt noch irgend was?"

„Hermann, was sollen wir mit fünf Kilo Kartoffeln? Fünf Pfund hatte ich aufgeschrieben und du bringst das Doppelte mit. Und was ist das denn hier? Was sollen wird denn mit diesen ganzen Hühnerbeinen? Fünf Stück hatte ich gesagt. Fünf Stück! Hermann, bist du tüdelig im Kopp? Wo sollen wir da denn all mit hin? Willst du jeden Tag Kartoffeln und Hühnerbein essen? Man, oh man, oh man!"

Oma geriet in Rage.

„Ne, Herta, nun beruhige dich man wieder. Das ist nun man so heutzutage. Da gibt es keine Pfund mehr, alles nur noch Kiloware!"

Ab dem Zeitpunkt brauchte Opa Hermann nie wieder Einkaufen. Nach ihrem schönen Einkaufskorb hat Oma übrigens noch tagelang gesucht, ihn aber nicht gefunden. Opa hatte ihn nämlich oben auf den Boden geworfen, ganz nach hinten in die äußerste Ecke.

Zeitung.

„Moin, Frieda!" Opa Hermann stand vor dem Haus, winkte mit dem Arm und rief. Nur so zur Begrüßung. Frieda Bruns kam gerade die Straße entlangfahren. „Hat wohl schon alle Zeitungen verteilt und nun geht sie wieder schludern, von einem zum Andern!" murmelte Opa.

Frieda Bruns. Zeitungsfrau, also die, die morgens die Zeitungen verteilte und welche gleichzeitig auch als Dorfzeitung eingestuft wurde. Frieda wusste alles und das auch noch als Erste.

„Moin, Hermann! Oh, Hermann! Bleib eben stehn! Wart man eben, ich muss dir was erzählen!" Oh, ihre helle Stimme klang fürchterlich. Durchdringend! Ging durch Mark und Bein. Und nun bog sie auch noch mit ihrem schrottigem Fahrrad in den Weg ein. Oh Gott!

„Was will die denn wohl schon wieder?" Opa stöhnte. „Mensch, wenn man die erst an den Füßen hast, wird man die ja gar nicht wieder los!"

„Hermann! Hermann!" Frieda kam die lange Allee runter. Sie keuchte und ruderte ganz aufgeregt mit den Armen. Fast wäre sie dabei vor eine Eiche gefahren, fing sich aber im letzten Augenblick noch. „Hermann, hast du das schon gehört?"

Kurz vor Opa bremste sie mit ihrem Fahrrad und sprang mit einem Satz runter.

„Was soll ich denn schon gehört haben? Gibt es denn was Neues, Frieda?"

„Oh, man, Hermann, du weißt aber auch ja rein gar nix nicht! Weißt du denn nicht, dass die Chinesen kommen? Die wollen Ostfriesland überfallen und denn kommen die hier alle Mann durch, genau durch uns hier. Hier, wo wir beiden nun stehn tun. Hermann!"

Sie zeigte mit ihren Händen auf die Spur, die die Chinesen wohl nehmen würden und war ganz hibbelig.

„Och Frieda, du erzählst ja wieder mal dummes Zeugs. Die Chinesen. Die kommen hier doch nicht her! Hier bei uns?! Also! Die wissen doch gar nicht, wo wir wohnen!"

Diese wunderschöne Eichenallee führte zum Haus von Oma und Opa. Das Haus am Ende der Allee an der Hauptstraße gehört Gerken Fiet. Gleich hinter der ersten Eiche rechts war Opas Trampelpfad zum Nachbarn Meyers Jan.

„Hermann, du Ungläubiger, glaub mir das man, ganz bestimmt kommen die mit eine ganze Million Mann und Gewehre!"

Oh, war Frieda in Fahrt. Kaum zu bremsen war sie.

„Hermann, wenn ich dir das doch sage. Ganz bestimmt. Wir müssen was tun!?

„So, so, die Chinesen wollen Ostfriesland überfallen. Dann müssen wir ja unsere Fenster vernageln, wegen die Verdunkelung und so".

„Jo, Hermann, da fängst du am Besten gleich bei an!"

„Und die Türen, die werde ich dann vernageln. Große Bretter kommen da vor. Kreuz und quer!"

Opa wusste, das an Friedas wilden Erzählungen nichts dran sein konnte. Sicher hatte sie wieder mal irgendetwas aufgeschnappt, in den falschen Hals gekriegt und erzählte nun irgendwelchen Blödsinn. Ließ er sich aber nicht anmerken und fing an, in die gleiche Kerbe zu hauen.

„Herta, weißt du was, fahr du man jetzt gleich nach Hause und verbarrikadier alles. Fenster Türen und den Schornstein nicht vergessen!"

„Schornstein, Hermann, wieso denn um Gottes Willen den Schornstein?"

„Hat man doch schon gehört, Frieda. Die Chinesen sind so klein und wendig, die kommen durch jede Ritze, auch durch den Schornstein. Am besten wäre es ja, wenn du überall im Haus deine Öfen und Herde anmachen würdest. Ordentlich Feuer muss da rein. Dann kommen die Burschen mit Sicherheit nicht mehr durch den Schornstein. Dann verbrenn die sich nämlich das Hinterteil!"

„Oh, meinst das, Hermann?" Ganz ängstlich guckte Frieda Bruns in der Gegend umher. Eventuell stand schon ein Chinese hinter dem nächsten Baum.

„Bestimmt, Frieda, ganz bestimmt. Ganz gefährlich sind die diese Burschen. Wer hat dir das denn überhaupt erzählt, das die Chinesen kommen?"

„Hab ich heute Morgen ganz zufällig gehört, wie Meyers Jan das zu Bremers Fiet erzählt hat. Erst sagte er, die Ostfriesen hätten den Chinesen den Krieg erklärt, sagte er, und, und, und, und dann hätten die Ostfriesen die Kriegserklärung auf einmal wieder zurückgezogen, weil sie wohl angeblich keinen Platz für die ganzen Gefangenen hätten. Ja, und deshalb kommen die nun nach hier her. Ja, aber, so ganz habe ich das ja auch nicht mitgekriegt, ich kann mich da doch hinstellen und lange Ohren machen. Wie sieht das aus!? Ich bin doch keine Schludertasche!"

Nein, also. Eine Schludertasche. Frieda Bruns doch nicht. Jede andere, aber nicht sie.

Opa Hermann überlegte. „Oh man, oh man, oh man.," sagte er, „wenn Meyers Jan das schon erzählt, dann muss da ja auch was dran sein. Der hat nämlich seine Verbindungen zu diese ostfriesische Regierung. Seine Nichte arbeitet da doch. Die kennst du doch, Frieda. Bäcker Gerd seine Alma. Die sitzt da auf´m Amt".

„Och die, jo, die kenn ich noch gut. So, meinst du etwa, das die bei Meyers Jan angerufen hat?"

So manche Stunde hat man früher hier zugebracht. Das Plumpsklo im Garten. Gottsei-dank ist dieses schöne Bildmotiv bis in die heutige Zeit erhalten geblieben

„Ganz bestimmt hat die ihn angerufen und gewarnt! Oh Gott, das mach ja noch was werden. Können wir uns man alle Mann eingraben, oder bauen uns noch schnell ´n Bunker! Oh, Frieda, Frieda!"

„Bevor die nun kommen, mach ich mich nun auf den Weg. Damit ich man gut nach Haus durchkomm. „Nicht dass die schon anfangen zu schießen und ich bin da mitten drin!"

„Ne, Frieda, pass man gut auf und denk an den Schornstein. Ordentlich Feuer in alle Öfen. Richtig heiß muss das sein!"

Frieda hatte schon einen Fuß auf das Pedal gesetzt und gab mit dem Anderen ein klein wenig Schwung.

„Mach ich Hermann, mach ich!", rief sie noch beim Wegfahren.

Opa Hermann ging lachend ins Haus und erzählte Oma von dieser Geschichte.

„Hermann, ich hab dir das schon mal gesagt, das du Frieda nicht immer ärgern sollst".

„Nun lass mir doch den Spaß, ist doch nicht schlimm! Aber nun muss ich erst eben schnell bei Meyers Jan anrufen und muss ihm die Geschichte erzählen. Der lacht sich bestimmt kaputt".

Oma schüttelt den Kopf, gab aber sonst keinerlei Kommentar ab. Ihr war die Geschichte zu dumm. Arme Frieda. War ja sonst herzensgut. Naja, sie tratschte gerne, aber, wer machte das denn nicht. Und außerdem war sie die billigste Post. Wenn mal irgendjemand irgendetwas verbreiten wollte, brauchte man es nur Frieda zu erzählen mit dem Hinweis: „Musst aber keinem weitersagen, soll keiner wissen!" Dann war es hundertprozentig, das es spätestens am nächsten Tag das ganze Dorf wusste.

Meyers Jan lacht übrigens heute immer noch, wenn er Frieda Bruns durchs Dorf fahren sieht und Frieda, die immer noch auf die erste Angriffswelle der Chinesen wartet, hatte sich an diesem besagten Abend wie in einer Sauna gefühlt.

Bei achtunddreißig Grad im Schatten hatte sie ordentlich eingeheizt, so doll, dass sich die Chinesen man ja das Hinterteil verbrennen würden, wenn sie durch den Schornstein gekrochen kämen. Selbstverständlich hatte sie auch ihre Fenster und sonstige Luken mit Wolldecken zugehängt und unter dem Haustürgriff stand ein Besenstiel. Sie war gewappnet für ewige Zeiten.

Das Ei im Bett!

„So, Herta, ich hab´ genug, ich geh ins Bett!" Opa gähnte laut und herzhaft, pulte sich aus seinem Sessel hoch und schlurfte in seinen Pantoffeln ins Bad.

Auch Oma Herta reckte sich. Den ganzen Tag waren sie draußen gewesen. Korn dreschen. Knochenarbeit! Ein Arbeitstag von morgens um Fünf bis nun. Kurz vor elf zeigte die Uhr.

Eine Tasse Tee hatte sie noch gemacht zum Abschluss des Tages. Gottseidank hatten sie Glück gehabt mit dem Wetter. Den ganzen Tag war es heiß und sonnig gewesen.

Nun kündigte sich ein Gewitter an. In der Ferne war schon ein dumpfes Grollen zu hören.

„Mensch Hermann, da können wir aber von Glück sagen". meinte sie, als Opa aus dem Bad frisch geduscht in die Küche kam. „Morgen kann es meinetwegen den ganzen lieben langen Tag regnen. Die Arbeit haben wir erst einmal geschafft. Gott sei dank!"

Was hier auf diesem Bild wie eine Idylle erscheint, war in Wirklichkeit eine schweißtreibende Sache: das Kornmähen.   Bild: Dyrik Reiners

„Das magst wohl sagen," erwiderte Opa, „nun merkt man es aber doch schon, dass man älter wird. Da geht einem die Arbeit schon erheblich schwerer von der Hand!"

„Naja, Hermann, lange brauchen wir ja nicht mehr, dann gehen wir aufs Altenteil und setzen uns zur Ruhe!"

Opa Hermann ließ die Schultern hängen. Er war schachmatt, hundemüde und kaputt. Wie durch den Fleischwolf gedreht fühlte er sich.

Oma dagegen wuselte noch durchs Haus. „Ich räum nur noch schnell die Küche auf und komm dann auch gleich ins Bett. Geh man schon vor!"

Gerade in dem Augenblick, als Oma die Kaffeekanne, Gottseidank die alte, zum Spülbrett rübertragen wollte, erschütterte ein Schrei das alte Haus.

„Hertaaaaaaa!!!!"

Omas Hühner, ganz rechts Henne Berta. Inmitten der Hühnerschar thront auf diesem Bild Gockel Fridolin. Mit seiner enormen Größe war er der Chef im „Ring". Das bekamen manchmal auch Oma oder Opa zu spüren, wenn sie die Hühner füttern wollten. Wenn man dabei nicht aufpasste, biss einem Fridolin ins Bein und hinterließ teilweise blaue Flecken.

Die hatte vor Schreck die Kaffeekanne fallen lassen, sodass diese auf dem steinernen Küchenfußboden zerschellte.

„Hermann! Was ist los? Hermann, wo bist du?" Oma riss die Tür zum Schlafzimmer auf und stand vor Opa.

„Mensch Herta, guck mal, was ist das denn? Hätt' ich mich fast drauf gelegt!"

Opa Hermann stand dort in seinem Schlafanzug und – Henne Berta unter dem Arm!

„Hermann, wo hast du denn die Henne her?" Oma schüttelte ungläubig mit dem Kopf.

„Aus dem Bett, die saß in meinem Bett!" Opa war ganz außer sich und Oma lachte.

„Lach nicht, Herta, die alte Henne hatte in dein schönes dickes Bett ein schönes, dickes Ei gelegt!"

„Ach, du dickes Ei!", war Omas Kommentar. Sie stand immer noch in der Schlafzimmertür, schüttelte mit dem Kopf, die Hände in die rundlichen Hüften gestemmt und lachte. „Unsere Henne Berta im Schlafzimmer. Tsss!"

„Und das nur, weil den ganzen Tag über das Fenster offen stand. Da ist das dumme Huhn wohl hier reingeflogen, hat sich zur Ruhe begeben und dabei ein Ei gelegt! Hier, genau hier in meinem Bett hat sie gelegen!" Dabei fühlte er mit der Hand die Mulde auf seinem Bettlaken, in der Henne Berta gelegen hatte.

„Hermann, sag mal, du sprichst die ganze Zeit schon von einem Ei, welches Berta gelegt hat. Kannst du mir denn wohl mal erzählen, wo das nun ist?"

„Oh, Herta, das Ei!?

„Ja, du erzähltest doch, in meinem Bett hätte ein Ei gelegen!"

„Ja, ja, das dicke Ei". Opa stotterte und war verlegen. „Ja, Herta, das, das, das Ei, das, das liegt da nun oben auf dem Kleiderschrank. Ist da hingeflogen, als ich die Bettdecke aufschüttelte".

„Hermann, hör auf zu albern und gib mir das Ei her oder hast du am Ende gelogen und da ist gar kein Ei?"

„Doch, mein Hertalein, nix nicht lüge ich. Würde ich mir ja man gar nicht erlauben. Ganz bestimmt war da ein Ei. Ein Großes und ein Kleines!" Opa warf einen Blick auf Omas Kopfkissen. Mitten drauf hatte Henne Berta ihr Geschäft verrichtet. Ein dicker, weißgraugrüner Haufen thronte zwischen den beiden Bettzipfeln.

„Oh, man, grüne Hühnerschiete. Hermann, dann muss ich nun wohl erst mal mein Kopfkissen neu beziehen und du, du bringst Berta in den Hühnerstall, holst dir eine Leiter und einen Lappen und wischt den Schrank sauber. Los!"

Nur zwanzig Minuten später lagen die Beiden selig schlummernd im Bett. Oma träumte in dieser Nacht von vielen Hühnern und von noch mehr Eiern. Und Opa? Ja, Opa, der träumte natürlich auch, von einem großen Topf Hühnersuppe.

Moritz.

Oma Herta und ihr Moritz. Ein stolzer Herr, dieser Moritz, kann ich euch sagen. Durch und durch Kavalier den Damen gegenüber und immer schmuck ausstaffiert. Wie ein stolzer Hahn mit geschwellter Brust lief er tagein, tagaus durch die Gegend.

Anfangs hatten wir, dass heißt der Rest der Familie, arge Bedenken, als Oma ihn uns als ihren neuen Freund vorstellte. Schließlich war Opa ja man gerade so eben unter der Erde und nun schon gleich ein neuer Freund?! Naja, Oma war ja alt genug und musste letztendlich selber über ihr Dasein entscheiden. Schließlich hatte sie ihr Leben, auch in Not und Leid, im Kriege und in guten Zeiten, immer fest in der Hand gehabt und uns alle versorgt, und sei es auch nur mit guten Ratschlägen gewesen.

Aber nun das!? Oma Herta war ja natürlich überglücklich, nun endlich wieder jemanden zu haben, den sie betüdeln konnte. Für ihn Essen kochen, sein Bett machen, ihn umsorgen und, und, und.

Ich dagegen war aber der Meinung, sie hätte bei dieser Liebelei auch ein wenig an Opa denken müssen. Auch das sie diesen Moritz gleich mit dem Vornamen ansprach. Naja, ich weiß nicht!

Und wie sie ihn kennen gelernt hat. Unglaublich. Am Abend von Opas Beerdigung, der letzte Trauerbesuch war gerade gegangen, so erzählte Oma, hätte er mitten auf dem Hof gesessen und mit seinen runden Knopfaugen die Haustür angestarrt. Richtig hypnotisiert hätte er diese.

Wer setzt sich schon mitten auf den Hof. Unmöglich! Mit Sicherheit hat der von Opas Tod gewusst und nun vielleicht geglaubt, hier im Haus freie Bahn zu haben. Bestimmt sogar.

Den Rest der Familie hätte er wirklich nicht so leicht umgarnen können, aber Oma mit ihrer Trauer, da hatte er ein einfaches Spiel. Gerade Oma Herta aber hätte ich ein klein wenig mehr Distanz zugetraut. Immer war sie die Dominanz im Hause gewesen, hatte mit Schärfe, aber auch mit Güte und Liebe regiert und alles zum Besten gerichtet. Deshalb verstand ich Oma in diesem Fall auch so wenig. Ich war enttäuscht, Opa war ein solch feiner Kerl gewesen. Und nun das!

Für Oma gab es nichts mehr außer ihrem Moritz. Moritz, Moritz, Moritz, etwas anders hörte man gar nicht mehr in diesem Haus. Sie hatte uns erzählt, dass sie ihm, als er jeden Abend wieder auf dem Hof saß und das immer auf der selben Stelle, eines Abends etwas Kartoffelbrei und Gulasch, was vom Mittag übrig geblieben war, auf einem Teller schön angerichtet hingestellt hätte.

Er hatte alles verputzt. Sogar den Teller hatte er abgeleckt. Also, seht ihr, daran konnte man doch schon erkennen, woher er kam. Tischmanieren schien er wohl gar nicht zu kennen, denn der Teller war so sauber, dass man ihn so, ohne zu waschen, hätte wieder in den Schrank stellen können.

Und mit sowas gab Oma sich ab. Pah!

Ab nun kam Moritz natürlich jeden Abend. Hätte nur noch gefehlt, dass Oma ihn mit ins Haus oder gar mit ins Bett genommen hätte. Das wär's ja wohl gewesen!? Empörend!

***

Es waren nun wohl schon drei Wochen vergangen. Pünktlich abends um achtzehn Uhr saß Moritz wie ein Pfau auf dem Pflaster mitten auf dem Hof und schaute unentwegt auf die Haustür. Oma Herta guckte aus dem Fenster, sah Moritz dort thronen, nahm den schon vorbereiteten Teller mit dem Essen und brachte ihn nach draußen.

Moritz hatte schon gewartet. Er hatte Hunger und er liebte Oma heiß und inniglich. Doch heute passierte etwas, womit keiner gerechnet hatte, Moritz bedankte sich. Er guckte Oma an und miaute ganz laut, so als wenn er sagen wollte: „Schön, dass du noch an mich denkst!"

Oma kniete sich auf die harten Klinkersteine, nahm den wunderschönen Kater Moritz und drückte ihn ganz sanft an sich.

Ein wunderschönes Tier. Ein dichtes, graugetigertes und samtweiches Fell vom Kopf bis zum Ende des buschigen Schwanzes und, - er hatte ein Kreuz auf der Stirn. Genau zwischen Augen und Ohren hatte er eine schwarze Zeichnung, die wie ein Kreuz aussah. Für Oma Herta war dieser Kater ein Geschenk des Himmels.

Manche haben oft über Oma gelacht, zum Beispiel immer dann, wenn sie sagte, dieses Tier wäre Opa Hermann, dessen Seele nun als Kater wieder auf die Welt zurückgekehrt wäre. Ja, ja, komisch war die Geschichte ja schon, denn wieso tauchte dieser Kater gerade nun am Tage von Opas Beerdigung auf?

Keiner hat je rausgekriegt, woher der Kater kam und wem er gehörte. Er war einfach da und das nun schon seit Wochen an jeden Abend pünktlich um achtzehn Uhr.

Moritz war ein richtiger Schmusekater. Krallen hat man bei ihm nie zu spüren bekommen. Sicher wusste er gar nicht, wofür er die hatte.

Ein paar Tage später ließ Oma dann die Tür offen stehen, nachdem sie ihm sein Futter nach draußen gestellt hatte, in der Hoffnung, der Kater möge ihr folgen. Gerne hätte sie dieses wunderschöne Tier länger, auch gern für immer, um sich gehabt. Leider erfüllte sich dieser Wunsch nicht, denn sobald Moritz seinen Teller leergeputzt hatte, miaute er einmal, sagte also Dankeschön und verschwand, keiner weiß wohin.

Ein paar Mal habe ich mir die Mühe gemacht und bin auf Oma Hertas Wunsch hinter ihm her gefahren. Eine zeitlang ging das ganz gut. Moritz lief am Straßengraben entlang, blieb sitzen, drehte sich um, sah mich und lief weiter. Dieses Spiel setzte er so circa zehn Minuten lang fort. Er hatte mich stets im Blickfeld.

Irgendwann aber machte er einen Satz über den Graben und verschwand hinter einer Hecke. Natürlich bin ich dann unvermittelt zu diesem Haus gefahren, habe dort zusammen mit dem Besitzer alles abgesucht, jede Ecke, jeden Winkel, Moritz war nicht aufzufinden. Und doch musste er hier irgendwo stecken, ich spürte es. Ja, ich hatte sogar die Vermutung, dass er irgendwo hier im Gebüsch saß und meine Suche beobachtete.

Diese blieb erfolglos. Mehrere Tage bin ich immer und immer wieder abends hinter Moritz hergefahren und habe trotz alledem nie herausbekommen, wo er sich versteckt hielt.

*****

Oma Herta saß abends gegen sechs Uhr in der Küche am Fenster und wartete auf den Kater. Heute wollte sie einmal ihre Taktik ändern. Wollte versuchen, ob sie es nicht doch schaffen würde, den Kater an das Haus zu gewöhnen.

Moritz kam die Straße entlang schlendern. Oma sah ihn und stellte sich mit dem Futter in der Hand vor die Tür. „Moritz", rief sie. Man konnte sehen, wie der Kater seinen Gang in einen Lauf änderte. Den Schwanz steil in die Luft gestreckt, kam er mit langen Sätzen auf den Hof.

Doch entgegen der sonstigen Gepflogenheit hielt Oma das Futter immer noch in der Hand. Moritz guckte verdutzt. Oma Herta streckte ihm den Teller entgegen, zeigte ihm das leckere Fressen und versuchte, mit Rufen und „Futterzeigen" den Kater bis ins Haus zu locken.

Nichts! Moritz ließ sich nicht überlisten. Er blieb wie angewurzelt mitten auf dem Hof sitzen. Man hätte an dieser Stelle ein Kreuz machen können. Er saß immer genau auf dem selben Fleck. Komisch! Oma stand mit dem Teller Futter in der Tür und wartete. Miau, miau. Laut und stark miaute Moritz, solange, bis sie das Futter vor ihm auf den Boden stellte.

Nachdem er den Teller wie immer blitzsauber geleckt hatte, trottete der Kater wieder vondannen. So ging das jeden Abend. Oma Herta sah dagegen auch keine Fortschritte in ihrem Bemühen, aus diesem Kater einen Hauskater zu machen.

***

Es waren schon wieder Wochen vergangen, als Oma Herta in diesem milden Frühjahr doch schon so ab und zu die Haustür offen stehen ließ, sodass immer ein leichter Luftzug durchs Haus zog. Sie war heute den ganzen Tag unterwegs gewesen. Ein schwerer Tag. Opas Geburtstag. Das bedeutete den schweren Gang zum Friedhof. Zum ersten Mal musste sie Opas Geburtstag auf dem Friedhof feiern.

Kater Moritz und Mini, einer der vier Kinder. Mini lebt heutzutage immer noch im Haus von Oma Herta und scheint, auch im Wesen, das Ebenbild seines Vaters zu sein.

Einen wunderschönen Frühjahrsstrauß hatte sie sich im Blumenladen binden lassen. Die Mädels dort beherrschten ihr Handwerk wirklich gut, machten wunderschöne Sträuße und so war sie nun mit diesem Gebinde und einer großen Kunststoffvase im ihrem Fahrradkorb unterwegs zu Opa. Sie schob ihr Rad, damit der schöne Strauß nicht noch zu Schaden käme, es waren ja nur noch ein paar Meter bis zum Friedhof,.

Fast drei Stunden hatte sie bei Opa am Grab gestanden, hatte die vielen Blumen und Pflanzen ein wenig geordnet und begossen, schließlich hatte der Friedhofsgärtner das Grab erst vor ein paar Tagen eingeebnet und angelegt. Offenbar, den vielen Blumensträußen nach zu rechnen, waren heute auch schon Andere hier zu Besuch gewesen und hatten Opa Hermanns Geburtstag „gefeiert".

Oma packte ihre Sachen zusammen. Noch einmal harkte sie alles fein säuberlich, damit das Grab auch rundherum sauber aussah und verabschiedete sich mit einem „Machs gut, Hermann". Dann machte sie noch ihre Runde an all den vielen Grabstellen vorbei, las die ganzen Namen auf den Grabsteinen und überlegte, wen sie davon noch kennen gelernt hatte. Es waren wirklich Viele.

Erinnerungen kamen hoch. An den einen oder Anderen, der hier lag, konnte sie sich noch gut erinnern. Mit vielen hatte sie zusammen die Schulbank gedrückt und nun? Sie war eine der wenigen, die noch unter den Lebenden weilte.

*****

Sie machte sich auf den Heimweg und musste sich sputen, denn heute gab es noch einen Geburtstag zu feiern, denn auch ihr kleiner Urenkel Erik hatte seinen Jahrestag. Zwei Jahre schon stapfte dieser kleine Racker mit seinen Füßen auf Gottes Erdboden herum und erfreute mit seinem Lachen alle, die er um sich hatte.

Hermann hatte sich immer so gefreut. Der kleine Erik war sein ganzer Stolz gewesen. Früher, in seinen besseren Tagen, bevor die Krankheit ausbrach, hatte er noch zu ihm gesagt, dass sie irgendwann einmal zusammen zum Angeln fahren würden. Dicke und große Fische wollten sie zusammen fangen.

Natürlich konnte Erik noch nichts mit den Worten anfangen, was Opa ihm da erzählte, aber er lachte immer und freute sich, wenn Opa ihm mit seiner dicken, runzeligen Nase und den vielen Falten im Gesicht irgendetwas erzählte.

Oma Herta holte ein Tuch aus ihrer Handtasche und wischte sich die Tränen vom Gesicht. Hätte das nicht auch anders kommen können mit Opas Krankheit? Hätten sie Beide nicht noch ein paar Jahre zusammen sein können?

***

59

Es war schon zur Abendzeit, als sie wieder zu Hause angelang war. Fred hatte sie mit seinem neuen Auto, irgend so eine flache Flunder, so wie Oma diese rasanten Wunderwerke nannte, vor der Haustür abgesetzt. Mehr Zeit hatte er allerdings nicht für Oma Herta erübrigen können, denn die Freundin wartete wohl schon. So blieben nicht einmal zwei Minuten. „Schade", sagte Oma nur. „Na denn tschüss, mein Jung und fahr vorsichtig. Pass auf dich auf!"

Schon war Fred wieder vom Hof und Oma allein. „Naja, wenn er demnächst mal wieder Geld braucht, wird er sicherlich auch wohl ′ne Stunde Zeit für mich haben!", sagte sie noch leise und schloss die Tür auf.

„Mensch, ist das hier ′ne stickige Luft. Naja, ist ja auch den ganzen Tag über nicht gelüftet worden!". Dabei gab sie der Tür noch einen kleinen Schubs, sodass sie gänzlich offen stehen blieb. Bumms, das war der Schuhschrank, der als Puffer dort hinter der Tür stand.

Küchentür geöffnet, das Fenster geöffnet. „So, nun kann hier erst mal frische Luft rein!" Sie sprach in der letzten Zeit ziemlich viel mit sich selbst. Mit wem auch sonst. Es war ja keiner mehr da und die häufigen Besuche der Kinder und Verwandten, die sich unmittelbar nach Opa Hermanns Tod noch so rührend um sie gekümmert hatten, blieben nun allmählich auch immer mehr aus.

Trotzdem war sie nicht unzufrieden. „So ist nun mal das Leben", sagte sie sich.

„Machen wir uns noch ′ne Tasse heiße Milch mit Honig", murmelte sie und nahm sich die Milchpackung aus dem Kühlschrank. In ihrer Zwiesprache redete sie in der Mehrzahl, denn Opa Hermann saß in Gedanken immer noch mit am Tisch. Der war hier gar nicht wegzudenken. „Gleich werden wir erst mal sehen, was so in der Weltgeschichte los ist. Ja, richtig die Nachrichten, wie spät ist es denn?"

Abwechselnd schaute sie auf ihre Armbanduhr und hoch zur Küchenuhr. Die alte Standuhr in der Stube meldete sich wie auf Befehl. Halb sieben.

Oma holte sich einen Becher aus der Borte und nahm die Milch vom Herd. Während ihrer Tätigkeit stand sie mit dem Gesicht zum Fester, welches auf den Hof zeigte. Wie selbstverständlich guckte sie ab und zu mal nach draußen. Die Sonne schien sich schon zu verkrümeln, denn die Schatten vor dem Haus wurden immer länger.

„Honig muss da ja noch rein!" Sie holte sich das Honigglas aus dem Küchenschrank, nahm einen Löffel vor sich aus der Schublade und tat sich einen gehäuften Löffel voll in die heiße Milch.

Bevor sie sich hinsetzte, probierte sie erst mal und nahm einen kräftigen Schluck aus dem Becher. „Mmmh, lecker! So, nun ist aber endlich Feierabend für mich!", hob den Becher hoch und wollte sich setzen, um den Fernseher anzuschalten, der dort in der Ecke stand.

Mit einem Riesen - Knall und Scheppern fiel die Tasse voll heißer Milch auf den steinernen Fußboden. Oma Herta stand wie angewurzelt vor dem Tisch, auf dem sie grade die Tasse abstellen wollte. Wie versteinert ging ihr Blick in Richtung des alten, zerschlissenen Sofas, welches dort in der Küche stand.

Oma Herta glaubte nicht, was sie dort sah. Der heilige Geist schien sich dort aufzuhalten, so ungläubig guckte sie. Ihr größter Wunsch war soeben in Erfüllung gegangen. Dick und breit lag dort Kater Moritz.

Der hatte sich, von Oma Herta unbemerkt, durch die geöffneten Türen ins Haus geschlichen, war auf das Sofa gesprungen und schnurrte nun zusammengedreht oben auf dem alten Kissen.

„Moritz, du alter Räuber". Oma war ganz aus dem Häuschen. „Dich hatte ich ja völlig vergessen! Nun komm schnell, nein, Halt, bleib noch liegen, erst einmal muss ich ja die Scherben zusammenfegen und den Boden aufwischen, sonst schneidest du dir noch die Pfoten auf und das wollen wir doch nicht, oder?"

Sie holte Besen, Eimer und Feudel aus der Besenkammer und säuberte den Fußboden. Moritz lag derweil auf dem Sofa und war ganz aufgeregt, als Oma mit dem Feudel über den Fußboden wischte, hin und her und hin und her. Im gleichen Takt zuckte auch seine Schwanzspitze, immer ein Merkmal erhöhter Wachsamkeit.

Nun war erst mal der Kater dran, doch entgegen der sonstigen Gepflogenheit bekam Moritz heute ganz normales Katzenfutter, welches Oma im Schrank aufbewahrte. Besser als gar nichts, dachte der sich und futterte alles bis auf den letzten Krümel auf.

Oma hatte es sich in ihrem Sessel gemütlich gemacht, an Fernsehen und Milch mit Honig war nicht zu denken und überlegte. „Nun hab ich es doch wohl geschafft, ihn an das Haus zu gewöhnen. Schön!" Sie schaute dem Kater beim Fressen zu und freute sich, dass es ihm so gut zu schmecken schien.

Gottseidank für Moritz standen die Türen nach draußen immer noch offen, denn nachdem er das Fressen verputzt hatte, schlich er nach draußen. „Na, wirst wohl noch dein Geschäft machen müssen? Nah denn geh man. Kommst ja gleich wieder?!" Sie war überglücklich. Endlich hatte sie ein Tier, welches sie versorgen konnte. Hatte endlich wieder eine Aufgabe, für die es sich lohnte, zu leben.

***

Oma Herta hatte an diesem Abend noch lange auf Moritz gewartet. Er kam nicht. Er kam weder am Nächsten, noch am Übernächsten und auch nicht am überübernächsten Abend. Er war einfach weg und verschwunden. Damit waren Omas Hoffnungen wieder auf dem Nullpunkt angelang. So saß sie manchmal abends traurig vor dem Haus und hielt Ausschau nach Kater Moritz. Schaute die Straße entlang. Nichts. Lief durchs Dorf. Nichts! Hing kleine Zettelchen an Bäumen und markanten Plätzen auf. Nichts. Durchsuchte Gräben und Büsche. Vielleicht war Moritz ja unter ein Auto geraten. Nichts! Er war weg!

***

So circa fünf bis sechs Wochen waren seitdem ins Land gegangen. Oma war gerade dabei, ihr Fahrrad aus dem Stall zu holen. Sie musste einige Lebensmittel einkaufen und der Weg ins Dorf wäre zu Fuß doch etwas weit gewesen. Die Tasche über den Lenker gehängt und los ging's. Am Dorfrand angekommen, sah sie schon von Weitem eine Katze am Straßenrand liegen. „Ob das wohl Moritz ist?", dachte sie und ihr Herz fing wie rasend an zu schlagen.

Doch je näher sie der Katze kam, sah sie mit Erleichterung, dass dieses nicht ihr geliebter Schmusekater ist, der dort überfahren lag. „Gottseidank!", sagte sie leise und damit war die Sache auch für Oma erledigt.

Zwei Tage später. Oma hatte die überfahrene Katze am Straßenrand schon wieder aus ihrem Gedächtnis gestrichen. Sie war gerade in der Küche, um für sich das Abendbrot vorzubereiten. Wieder stand sie dort, schnitt sich gerade auf der Arbeitsplatte einige Zwiebelringe klein, um damit ihr Tomatenbrot zu garnieren, als sie nur einen wirklich flüchtigen Blick durch das Fenster auf den Hof machte.

Sie glaubte schon, sie hätte Halluzinationen. Ließ alles stehen und liegen und lief nach draußen. Dort mitten auf dem Hof saß Moritz. Doch dieses Mal saß er dort nicht allein. Vier kleine Katzenkinder hatte er bei sich. Drei Kätzchen und ein Kater. Offenbar alles seine Kinder. Doch wo war die Katzenmutter? Siedend heiß schoss Oma Herta die überfahrene Katze in den Sinn. War das deren Mutter?

Es schien fast so. Sie stürmte in die Küche, holte den alten Teller, sauste wie ein geölter Blitz in die Speisekammer, dort hob sie nämlich immer noch das Katzenfutter auf, griff sich den Büchsenöffner und öffnete hastig die Dose. Fast hätte sie sich dabei noch an dem scharfen Blechrand geschnitten.

Den ganzen Inhalt tat sie auf den Teller und lief damit nach draußen. Nicht einen Zentimeter hatten sich die Fünf in der Zwischenzeit gerührt. Immer noch an der selben Stelle saßen sie und schauten in Richtung Tür. Dort stand

Oma, mit dem Teller Futter in der Hand und rief Moritz. „Komm, mein Kleiner! Ihr könnt alle in den Stall!. Kommt her. Mmmh, lecker Essen! Kommt."

Den Anfang machte Moritz, der nun ja schon wusste, dass er in diesem Haus nichts zu fürchten hatte. Die Kleinen trotteten tollpatschig hinter ihm her in die Waschküche, wo Oma den Teller auf den Boden stellte. Natürlich, waren die Kleinen scheu, denn als Oma sich noch einmal bückte, um eines der Kleinen zu streicheln, flohen alle in irgendwelche Ecken. Nur Moritz nicht, der blieb in aller Seelenruhe sitzen und fraß.

Ab diesem Tage blieben die Katzen hier im Haus, auch Kater Moritz. Hier hatten sie nun ihr Zuhause. Mit den Jungkatzen dauerte es so circa zwei Wochen, bis die sich an ihre neue Umgebung gewöhnt hatten.

Dann tobten sie durch Haus und Garten und endlich war wieder richtig Leben im Haus. Tagsüber hatte jeder der vier Kleinen ein Plätzchen im Garten. Im schwarzen Sand lagen sie dort inmitten der Beete und schliefen.

Nachts schliefen sie in der großen alten Kartoffelkiste, die Oma im Stall zurechtgemacht hatte. Einige alte Säcke und Decken hatte sie dort hineingelegt, auf denen es die Katzen schön warm hatten.

***

Es war in der Zwischenzeit schon Spätsommer geworden. Trotz der Abgeschiedenheit, in der Oma wohnte, fuhren hier auf dieser schmalen Straße, die unmittelbar am Hof vorbeiführte, am Tage einige wenige Autos. Landwirte vielleicht, Bauern, irgendwelche Vertreter oder mal der Arzt und, man mag es kaum glauben, heute hatte es schon die Zweite der Jungkatzen erwischt.

Oma Herta holte dann, wie bei der ersten Katze auch, mit traurigen Blick wieder den Spaten aus dem Schuppen, grub ein Loch und beerdigte die Katze. Es tat ihr in der Seele weh, dieses kleine Geschöpf in der Erde zu vergraben, aber sie konnte diese Katzen doch nicht einsperren.

***

Nun lebte Moritz nur noch mit Zweien seiner Kinder hier. Bis zum Herbst des Jahres. Dann passierte etwas merkwürdiges. Das Schicksal schlug die nächste Seite auf.

Moritz hatte wieder einmal zu „seiner Zeit" auf dem Hof gesessen. Miau, rief er ganz laut. Oma Herta hatte dieses Rufen vernommen und ging nach draußen. Als Moritz sie kommen sah, lief er los, bis zur Hausecke, und guckte, ob Oma ihm wohl folgt.

Oma ging ihm nach, genau bis hin zu der Stelle im Garten, wo sie die beiden jungen Katzen vergraben hatte. Dort setzte Moritz sich hin, hob den Kopf in die Höhe und miaute noch einmal recht laut. Dann kam er zu ihr gelaufen und begann, mit ihr zu schmusen, wie er lange, lange nicht mit ihr geschmust hatte. Auch dabei wieder dieses klägliche Miau. Nachdem Oma ihn geknuddelt und gestreichelt hatte, lief Moritz in den Stall, wo seine beiden Kinder in der alten Kartoffelkiste schliefen und miaute auch hier extrem laut. Dann kletterte er mehr, als dass er sprang, auch in diese Kiste hinein und legte sich in eine freie Ecke eingerollt zum Schlafen.

Oma Herta verstand dies alles nicht und wusste nichts mit dem Gebaren von Moritz anzufangen. Sie ließ ihn schlafen.

Am nächsten Morgen stellte sie neues Futter in die Waschküche, bestimmt würden die Katzen gleich kommen. Je nach nächtlicher Mäusejagd verschliefen sie jedoch manchmal ihr Fressen, welches auf sie wartete. Als Oma dann jedoch mit der Gabel und dem Fressnapf klapperte, kamen erst der „kleine" Kater, der nun ja schon fast ausgewachsen war, durch die Tür gelaufen und nur ein paar Sekunden später auch die Jungkatze. Nur Moritz nicht. „Der hat heute wohl keine Lust, diese Schlafmütze!". Oma Herta tat so, als schimpfe sie. „Moritz", rief sie noch mal. „Moritz, nun komm, die Kleinen fressen dir alles weg, wenn du dich nicht beeilst".

Es rührte sich nichts. „Da muss ich doch erst gucken, wo unser Moritz bleibt", sagte sie und ging in den Schuppen, in dem die Kartoffelkiste stand. „Moritz, du alte Schlafmütze!".

Oma blieb wie versteinert vor der Kiste stehen. Ein dicker Kloß steckte ihr im Hals. Moritz lag tot in der Ecke. Es sah so aus, als schliefe er, so friedlich lag er dort. Sie weinte und die Tränen rollten nur so runter. „Moritz, mein lieber Moritz, was machst du denn?" Sie bückte sich und hob ihren über alles geliebten Kater aus dieser Kiste. Sie konnte es nicht begreifen, dass Kater Moritz sie verlassen hatte.

Nun erst begriff Oma Herta auch die Gestik des Katers vom Abend vorher. Logisch eigentlich, er hatte sich bei Allen bedankt, vor allem bei seiner geliebten Oma Herta und bei seinen Kindern, wusste seinen Nachwuchs bestens versorgt, hatte sich verabschiedet und war dann ganz einfach gestorben.

Moritz wurde noch am selben Tage beerdigt. In einer wunderschönen alten Wäschekiste, die Oma schon seit langer Zeit in der Kammer stehen hatte. Eingewickelt in ein weißes Leinentuch wurde Moritz in die Kiste gelegt und im Garten direkt neben seinen Kindern vergraben.

Wie bei einer richtigen Beerdigung sang Oma ein kleines Lied und als Zeichen der Trauer hatte sie sogar ihren schwarzen Pullover angezogen. Für sie war „ihr" Opa Hermann gerade eben das zweite Mal gestorben und das tat doppelt weh.

***

Ich sehe nun in Gedanken Einige über diese Geschichte lachen, möchte jedoch gleichzeitig betonen, dass sich diese Geschichte genau so, wie hier beschrieben, abgespielt hat. Fast wäre auch ich, während ich diese Geschichte niederschrieb, angefangen zu weinen, so sehr hatte ich mich hineingesteigert und das Erlebte nochmals durchlebt. Doch diesen Einigen sei gesagt, - Mensch sein und weinen können ist unwahrscheinlich schön.

Heutzutage übrigens schmückt diese Stelle in Oma Hertas Garten ein Holzkreuz. Eingebrannt darauf steht: „Hier ruht mein geliebter Moritz. Mein Ein und Alles. Mir war er mehr wert als viele Menschen".

Egon Oetjen – Faustdick